Un nouvel été

DE LA MÊME AUTRICE

Le Bruit de l'eau sur les galets, Calmann-Lévy, 2023
C'est encore loin, le bonheur ?, City Éditions, 2019

Amélie Baumann

Un nouvel été

CALMANN LEVY

CALMANN LÉVY
ÉDITEUR DEPUIS 1836

Couverture
Conception graphique : Stéphanie Roujol – Thomas Hamel/'Olo
Photographie : © Heidi Besen / Arcangel Images

ISBN 978-2-7021-9129-3

Des gens cherchent un refuge auprès des prêtres ; d'autres, dans la poésie ; moi, je me réfugie auprès de mes amis.

Traduction de *The Waves* de Virginia Woolf
par Marguerite Yourcenar en 1936
pour les Éditions Stock

1.

Jeudi 11 juillet 2019

C'est arrivé progressivement. Le matin, en montant dans le train à Montparnasse, elle ne faisait pas la fière mais parvenait encore à plaisanter. Quand les portes du compartiment se sont refermées, elle a commencé à se crisper, mais a continué à papoter. Son sourire a disparu au bout de quelques dizaines de kilomètres, sa conversation a suivi de près, puis sa concentration s'est fait la malle : je l'ai vue relire la même page de *Marie Claire* pendant près d'une demi-heure. Au moment du déjeuner, une bonne part de sa personnalité s'était laissé submerger. Elle n'a même pas remarqué qu'un type essayait de m'accoster pendant que nous attendions nos sandwichs au wagon-bar. Et quand le même relou est venu s'asseoir près de nous un peu plus tard et a demandé, tout fier de sa vanne éculée, si nous étions sœurs, elle n'a pas répliqué. Pourtant il y avait matière à protester. Je l'ai vue laminer des gars pour bien moins que ça. C'est qu'elle est protectrice, ma mère, habituellement. Surtout quand un vieux boulet prétend draguer sa fille de seize ans. Mais là elle s'est contentée d'un regard mi-assassin mi-hagard, genre zombie méprisant. Cela dit ça a fonctionné aussi, le type a vite déguerpi.

Vers quatorze heures, elle a brièvement recouvré la parole et énoncé : « Je crois que je suis un peu stressée. » Preuve qu'il lui restait un soupçon de lucidité. En revanche quand j'ai répondu « euphémisme de l'année », elle n'a pas souri. Son autodérision avait foutu le camp.

Si on fait le bilan, je dirais qu'en débarquant à la gare de Pau cet après-midi-là maman était constituée à 99 % d'angoisse, le 1 % restant regroupant des mains moites, des yeux embués et un début de ressentiment. Contre moi d'abord, qui lui faisais subir tout ça. Puis assez vite contre le chauffeur de taxi, sans que je sache bien si elle lui reprochait d'aller trop vite ou trop lentement.

— J'aurais dû louer une voiture, a-t-elle soufflé alors que nous roulions depuis un petit moment et que nous quittions l'agglomération paloise.

— T'inquiète, ai-je répondu avec mon plus beau sourire. Ça va bien se passer. Et ça ne change rien au plan.

Elle a entrepris de ronger l'ongle de son pouce. Je lui ai saisi la main pour ajouter :

— On fait ce qu'on a à faire, tu affrontes ça une bonne fois pour toutes et ensuite, à nous Biarritz !

J'y avais mis toute ma conviction mais elle n'a rien répondu. Elle s'est tournée vers la fenêtre et a regardé le paysage défiler. Et puis d'un coup elle a pris une grande inspiration, hachée comme un sanglot, et a porté son autre main à sa bouche. J'avoue qu'à cet instant la culpabilité m'a effleurée. Si je me mettais à sa place… c'était dur, ce que je lui avais proposé. Revenir dans le village de sa jeunesse, après vingt ans d'absence, alors qu'elle y avait de si mauvais souvenirs... Mais j'ai vite balayé ce sentiment. Il *fallait* faire ce voyage. Elle en avait *besoin*.

J'ai tâté dans ma poche le trousseau de clés. Ce trousseau qu'elle refusait de toucher, que j'avais dû aller chercher moi-même au fond de son placard. Je l'avais trouvé enseveli sous des sacs de vieilles fringues, et quadruplement emballé dans une enveloppe, une pochette en tissu, un sac plastique et un Tupperware. Maman l'avait calfeutré et enfoui, comme un déchet toxique ou un objet ensorcelé. Rien que pour ça, je savais que j'avais eu raison d'insister.

J'ai trituré les clés dans ma poche, en prenant garde à ne pas les faire tinter. Le taxi, qui roulait tout droit depuis un moment, a tourné à gauche et nous nous sommes retrouvés au milieu de champs de maïs. Le soleil tapait dur sur les hautes tiges vertes et drues, avec leurs drôles de plumets jaunes au sommet. Le ciel derrière était d'un bleu incroyable. Maman demeurait tournée vers la fenêtre, je me suis demandé à quoi pouvait ressembler une maison inhabitée depuis vingt-deux ans. Puis j'ai passé en revue mentalement les étapes de mon plan et en ai conclu qu'il était parfait.

— Pense à dimanche, ai-je dit avec entrain. Pense à Biarritz et à combien tu seras fière de fêter tes quarante ans débarrassée de tout ça.

J'avais été futée, sur le coup. Pour motiver ma mère à retourner dans son ancien village, j'avais proposé de coupler l'expédition à un week-end de détente au Pays basque. C'était « le morceau de sucre qui aide la médecine à couler », la récompense après la corvée, la carotte biarrote. Et j'avais choisi le week-end de son anniversaire, autant pour le symbole que pour sa proximité – et parce que, si je l'avais laissée choisir, elle, on aurait pu attendre longtemps.

— Mais on n'a pas besoin de se presser, ai-je rappelé en serrant sa paume humide. On va y aller en douceur, progressivement. De toute façon on dort à l'hôtel cette nuit à Pau, donc on peut aussi s'approcher aujourd'hui de la maison, tranquillement, passer dans ton quartier, et revenir demain pour la visiter.

À ce dernier mot elle a retiré sa main de la mienne et l'a essuyée avec force sur son jean. Puis elle s'est brusquement collée à la vitre. Un panneau annonçait : « Saubanoos ». Nous entrions dans le village.

— Laisse tes ongles, ai-je glissé en la voyant reprendre son grignotage compulsif.

Elle ne m'a pas écoutée. Des bâtiments agricoles ponctuaient à présent les champs. Le chauffeur a tapoté son GPS puis a demandé :

— Je vous dépose au centre ?

— *Oh fuck*..., a fait maman.

Un lotissement est apparu, puis de nouveau du maïs, puis un pré où une douzaine de vaches se serraient à l'ombre d'un chêne, et enfin un pont suivi d'un bosquet et de nouveaux lotissements.

— Je vais au centre ? a répété le chauffeur.

Maman n'a pas répondu. Le taxi s'est arrêté à un stop ; sur notre droite une rue montait en courbe entre une grosse haie de thuyas et une bâtisse de pierre. Des panneaux indiquaient dans cette direction « mairie », « église », « marché », « salle des fêtes » mais maman regardait autre chose, un peu plus haut dans la courbe : un genre de micromaison ouverte devant, avec des murs crépis beiges et un toit de tuile à deux pans.

— C'était mon arrêt, a-t-elle dit dans un souffle. Pour le car scolaire.

— Je prends par là ? a demandé le chauffeur avec un soupçon d'agacement.

— Surtout pas, a expiré maman. (Puis plus fort :) Je ne peux pas. Chloé, je ne peux pas. Je veux m'en aller. Maintenant !

2.

— Je savais que j'aurais dû louer une voiture, a pesté maman en se laissant tomber sur le banc de pierre.

Depuis dix minutes, elle tournait autour de ce banc, et de moi qui y étais assise en tailleur, en râlant. J'avais insisté, malgré ses protestations, pour que nous restions un peu au village. Elle avait fini par accepter, à condition que nous nous éloignions du centre. Le taxi avait donc pris à gauche au stop et nous avait déposées à quelques centaines de mètres, devant l'école primaire. Un beau tilleul étendait ses branches sur la cour et au-delà. Nous nous étions réfugiées sous son ombrage et, pendant que j'observais à travers les barreaux du portail la marelle, la balançoire et la cage de foot abandonnées, ma mère ronchonnait et faisait les cent pas.

— Je déteste ça, répéta-t-elle. Je me sens coincée ici.

— On n'est pas coincées, dis-je patiemment. Il suffit de rappeler la société de taxis. Mais d'abord, tu *t'exposes* un peu.

Elle a soufflé quelque chose qui ressemblait à « exposition mes fesses » et j'ai pouffé avant de reprendre :

— C'est normal que tu flippes. C'est normal que tu veuilles te barrer. Tu t'en sors super bien.

Elle m'a jeté un regard en biais, puis s'est relevée d'un bond et a repris sa déambulation. J'imaginais ce qui se bousculait dans sa tête: le stress, la colère, l'envie de plus en plus pressante de jouer la carte «mère autoritaire» et de mettre un terme à son calvaire. Elle est allée jusqu'au portail de l'école, s'y est accoudée un moment. Sa silhouette – longue chevelure blonde, tee-shirt de lin grège, jean délavé, Birkenstock poudrées – m'a semblé encore plus mince devant les barreaux verts et le macadam sombre de la cour. Puis elle est revenue se planter face à moi et a affirmé:

— Je me suis assez exposée.

J'ai souri malgré moi. Il existe un tas de phobies différentes mais les phobiques, eux, se ressemblent tous. Ils sont prêts à n'importe quoi pour éviter l'objet de leur peur. Je sais de quoi je parle: il y a trois ans, j'ai développé une phobie scolaire. Il ne s'était pourtant rien passé de spécial. Les profs étaient sympas, mes notes correctes, j'avais des amis. Quand on me posait la question, j'affirmais «bien aimer» le collège. Mais progressivement, j'avais perdu mon entrain. J'étais un peu malade, souvent, le matin. Des nausées, des maux de tête, des douleurs dans les articulations. Alors je n'allais pas en classe et restais à la maison me reposer. Le lundi matin, surtout, me trouvait terrassée par des affections sans cesse renouvelées. Ma mère s'inquiétait, m'emmenait voir le médecin, passer des examens. En vain. La généraliste a fini par suggérer un psy. Maman a protesté: «Les psys, c'est ce qu'on évoque quand on n'arrive pas à trouver!» Et puis à un moment, la simple idée de retourner en cours m'a soulevé l'estomac. Approcher des grilles du bahut me terrifiait. La vue de mon agenda me faisait pleurer. Alors nous sommes allées voir la psy et – oh ! surprise ! – en quelques semaines le problème était réglé.

Le jour où j'ai appris que maman possédait toujours la maison de ses parents, dans ce village paumé où elle ne mettait jamais les pieds, un petit voyant s'est allumé en moi. La façon dont elle en parlait me titillait, et le rouge qui lui était monté aux joues quand elle avait expliqué « je sais, c'est absurde. Tous les ans au moment de payer la taxe foncière je me dis que je dois vendre, mais que veux-tu, je n'y arrive pas ». Elle avait fini par avouer, parce que je la tannais, que « pour vendre il faudrait y aller, au moins pour récupérer quelques objets personnels, mais y aller est au-dessus de mes forces ». Les clés momifiées n'avaient fait que confirmer mon intuition. Ma mère avait une phobie. Or les phobies, je savais gérer.

D'où le plan, les différentes cases à cocher, l'exposition progressive à ce qui l'effrayait comme me l'avait enseigné la psy et bientôt, j'en étais certaine, la victoire. Ma mère en sortirait libérée et plus forte.

En attendant, elle tentait de négocier, ce qui était naturel.

— Assieds-toi, lui ai-je proposé. Respire un bon coup et félicite-toi. Tu es au village, tu n'es pas morte, tu es sur la bonne voie.

Elle a fait la moue, mais s'est assise quand même. Puis elle a grogné :

— Ce truc, là, où tu es la plus sage des deux... je ne suis pas sûre d'apprécier.

— Je sais, mamounette, ai-je répliqué en la serrant dans mes bras. Et tu vas détester encore plus très bientôt. Raconte-moi un truc sur Saubanoos. Sur cette école, tiens ! Tu y as été ?

— Et après, on s'en va ?

J'ai haussé les épaules et souri ; elle a soupiré, mais a quand même répondu :

— Je ne suis jamais allée dans cette école, puisque j'ai emménagé au village l'été avant ma quatrième.

— Mais tes copines, oui ?

Elle a hésité et je l'ai encouragée du regard.

— Mes amies, a-t-elle fini par acquiescer, sont toutes passées par cette petite école. Elles étaient dans la même classe depuis le CP.

— Elles sont restées potes tout du long ? Puis au collège et au lycée ? C'est ouf !

— Dalia et Cass se sont liées en premier. Cassiopée était une grande gueule, elle n'avait peur de rien ni de personne. Elle a pris la défense de Dalia le jour de la rentrée de CP, face à un petit con qui l'embêtait. Après ça elles ne se sont plus quittées.

— Et la troisième ?

— Béné avait d'autres copines en primaire. Un autre groupe de filles. Elle ne s'est rapprochée de Cass et Dalia qu'au début du collège.

— Et tu es arrivée peu après pour compléter l'alphabet : Alice, Bénédicte, Cassiopée, Dalia.

Albécada, ai-je achevé mentalement. Le mot de passe de maman pour tout, depuis toujours. Il peut devenir albécadA si une majuscule est requise, albécada64 s'il faut des chiffres, albécada!! si les caractères spéciaux sont exigés, ou un mélange de tout cela. Mais la base reste albécada. Ma mère a des notions de sécurité informatique assez floues mais l'amitié tenace, surtout si l'on considère qu'elle n'a pas parlé aux nanas en question depuis deux décennies.

J'allais demander si elle aimerait les revoir quand maman, comme si elle avait deviné ma pensée, a lancé :

— J'espère vraiment qu'elles n'habitent plus dans le coin. Je ne tiens pas du tout à les croiser.

Septembre 1992

Pour ce premier jour de quatrième, Bénédicte a choisi de porter son jean bleu, son tee-shirt Fruit of the Loom blanc et ses Pataugas beiges. Sa préférence va en général aux robes fleuries, aux cols Claudine, aux fines ballerines, mais elle sait qu'elle va croiser Prisca ce matin et elle ne veut pas subir de nouvelles moqueries quant à son « look de petite fille modèle ». Bénédicte vérifie que sa croix d'or est à son cou, que son chouchou de satin ne glisse pas sur sa demi-queue, que son sac à dos Chevignon est toujours là, sur le banc de l'abribus. Quand elle entend des pas se rapprocher, elle se prépare à affronter son ancienne meilleure amie. *Quelle poisse d'être voisines*, songe-t-elle. *Quelle galère de devoir la voir tous les jours que Dieu fait.* Mais ce n'est pas Prisca qui pénètre dans l'arrêt de car. Bénédicte découvre une inconnue et en un quart de seconde elle absorbe sa silhouette élancée, ses longs cheveux blonds, ses yeux bleus, jusqu'au duvet doré qui recouvre ses avant-bras hâlés. La nouvelle venue porte comme elle un tee-shirt blanc et un jean délavé mais sa grâce et sa décontraction lui paraissent venir d'un autre univers. « Parfaite » est l'adjectif qui lui traverse l'esprit.

— Salut, lance l'apparition d'une voix peu assurée. C'est bien l'arrêt pour le car du collège ?

— Oui, répond aussitôt Bénédicte. Tu es nouvelle ? Si tu as des questions sur l'école, ou les profs, je peux te renseigner. Tu rentres en quelle classe ?

— Quatrième.

— Comme moi ! Si ça se trouve on sera ensemble. Ce serait super ! Je m'appelle Bénédicte, et toi ?

— Alice.

— Tu vas voir, c'est pas mal comme collège. En tout cas pour un collège public mes parents trouvent...

— Mon papa et ma maman, bla-bla-bla ! Toujours aussi bébé, Béné...

Bénédicte était si concentrée sur sa nouvelle camarade qu'elle n'a pas entendu Prisca arriver. La gêne et la déception embrasent ses joues, font ployer ses épaules. Évidemment, Prisca ne la laissera pas sympathiser avec une fille aussi chouette qu'Alice. Prisca va la saboter, comme elle le fait systématiquement depuis qu'elle l'a jetée, depuis qu'elle a décrété Béné trop sage, trop innocente pour faire partie de sa bande de filles « cool ». *Comme s'il fallait dire des gros mots ou rouler des pelles à la terre entière pour être cool !* songe amèrement Bénédicte. Elle s'assied sur le banc, en retrait, tandis que Prisca lance à Alice :

— Alors c'est toi la nouvelle ? Paraît que tu viens de Paris ?

— Versailles, répond Alice. C'est à côté.

— D'enfer. Moi je vais à Paris souvent, j'adore.

— Tu y es allée trois fois, grince Bénédicte depuis son banc.

— Mange avec moi ce midi, propose Prisca. Je te présenterai mes copines, c'est des meufs tip top. Pas comme celle-là qui collectionne les Popples et les Petits Poneys.

Prisca donne un coup de menton en direction de Bénédicte et éclate de rire.

— Toi aussi tu as des Petits Poneys, se défend Bénédicte. Toute la collection, même !

— Mais je ne dors pas avec.

Bénédicte voudrait ratatiner Prisca à coups de pied ou de répliques cinglantes, mais ce n'est pas ainsi qu'on l'a élevée. « Tendre l'autre joue » est ce qu'on lui a inculqué. Alors elle soupire et admet :

— C'est vrai que je dors avec certains jouets.

— Moi j'ai deux lucioles phosphorescentes sur ma table de chevet, dit Alice. Si elles ne sont pas allumées, je n'arrive pas à m'endormir.

Bénédicte lève la tête. Alice paraît sérieuse et Prisca décontenancée.

— Du coup, tu bouffes avec moi ce midi ? interroge cette dernière. Je peux te présenter des mecs aussi.

— Voilà le car, lance Bénédicte en sautant sur ses pieds.

Les trois filles grimpent dans le vieux car bleu aux banquettes élimées. Il y flotte un parfum caractéristique, mélange des déodorants Impulse et Oé, de sueurs adolescentes et de tabac froid – Michel, le conducteur, tient le volant d'une main et sa clope de l'autre.

— Je vais au fond, déclare Prisca en avançant entre les sièges. Tu me suis ?

— Je vais rester avec Bénédicte, si elle est d'accord.

Bénédicte hoche la tête, éberluée. La fille la plus belle qu'elle ait jamais rencontrée préfère s'asseoir avec elle plutôt qu'avec Prisca ! Aussitôt elle indique deux places libres et explique :

— On se met là, derrière mes copines. Je te présente Cassiopée et Dalia.

Alice découvre une ado très mince aux cheveux aile-de-corbeau, l'air renfrogné, occupée à agrandir aux ciseaux le trou d'un jean déjà bien déchiré, ainsi qu'une petite brune bouclée noyée dans un sweat à capuche trop large, une pile de cassettes entre les mains.

— T'es sérieuse ? crache Prisca. Tu veux te mettre avec ces taches ? C'est les cassos' du bahut, je te préviens.

— J'ai rien contre ça, dit tranquillement Alice.

— Et nous, au moins, on se fait pas des coups de pute entre nous ! ricane Cassiopée.

— Comme tu veux, finit par lâcher Prisca avec un haussement d'épaules dédaigneux. Tant pis pour toi.

Bénédicte et Alice se laissent tomber sur la banquette, Cassiopée et Dalia se retournent vers elles et, à genoux et agrippées à leur dossier, observent l'inconnue.

— C'est Alice, explique Bénédicte. Elle vient d'emménager en haut, pas loin de chez moi, et elle rentre en quatrième aussi.

— T'as déjà fait des coups de pute à tes copines ? demande Cassiopée.

— Jamais, répond Alice. Les copines c'est sacré.

— Tu aimes la musique ? interroge Dalia.

— J'adore.

— Téléphone ? Police ? Nirvana ? suggère Dalia.

— Metallica ? Pink Floyd ? ajoute Cassiopée.

— Céline Dion ? Jean-Jacques Goldman ? propose Bénédicte.

— Tout ça, affirme Alice.

— OK, c'est bon, décrète Cassiopée.

— Oui, elle est bien, approuve Dalia. Vous voulez quoi ce matin ?

Bénédicte choisit parmi les cassettes, glisse l'album de Francis Cabrel dans son Walkman et passe un écouteur à sa voisine. C'est avec *Sarbacane* qu'Alice fait son premier trajet pour le collège. Les têtes de Dalia et Cassiopée, devant elle, bougent au rythme de Pearl Jam, Bénédicte lui sourit dès que leurs regards se croisent. Le car brinquebale, chaque nid-de-poule le fait tressauter et couiner. Alice cherche du doigt son pendentif et le caresse. Ce matin elle avait peur mais elle est à présent rassurée : le talisman lui a porté chance, comme toujours. Il a mis sur son chemin des filles bien. Elle connaît les pestes du genre de Prisca, son ancien collège en était plein, mais ces trois-là sont différentes. Elle aime la façon dont Bénédicte l'a accueillie, avec une vraie gentillesse et sans chercher à se faire mousser. Le côté rentre-dedans de Cassiopée lui plaît, et la douceur dans les yeux de Dalia, et leur passion pour la musique, et la simplicité avec laquelle elles lui ont fait une place…

Alice sent sur elle le regard de Prisca, elle perçoit les chuchotements des autres « filles cool » au fond du car mais c'est vers ces trois *outsideuses* que son instinct la pousse. Bénédicte, Dalia et Cassiopée ne trichent pas, elles ont l'air de s'accepter et de se serrer les coudes. Pour Alice elles dégagent une force vitale et un parfum de sororité irrésistibles.

Le collège est en vue, Cabrel chante qu'il a peur de l'avion. *Elles pourraient être de vraies amies*, songe Alice, *le genre qui est toujours là, qui ne te laisse jamais tomber.*

L'avenir lui donnera raison.

3.

Face à mes sourcils froncés, maman a précisé :

— Je ne leur reproche rien. Elles étaient géniales, j'ai eu une chance folle de tomber sur elles à mon arrivée. C'est moi qui ai déconné en les plantant du jour au lendemain.

— Tu avais tes raisons, ai-je dit gentiment.

Elle a haussé les épaules.

— C'est sûr que c'était dur, d'être ici. Je restais la « fille du drame ». C'était lourd à porter. Mais je leur ai fait un sale coup quand même. J'aurais pu expliquer. J'aurais dû leur parler. Et je pense… enfin le temps a passé, elles ont sûrement continué leur vie… Mais si je les recroisais aujourd'hui… je mourrais de honte, probablement.

— Ce qui est bien avec toi, c'est que tu as le sens de la mesure.

— C'est aussi pour ça que j'ai tellement flippé, tout à l'heure. J'ai eu l'impression qu'elles seraient là, en haut du village. Qu'elles étaient forcément encore là… Et c'est impossible à justifier, ce que je leur ai infligé. Comment assumer un truc pareil ? Elles me soutiennent, m'aident, m'encouragent, et moi je me barre, et plus de son plus d'image.

— L'avantage du mois de juillet…, ai-je commencé.

— Bien sûr, c'est vieux, a-t-elle poursuivi sans m'écouter. Évidemment elles ont autre chose à faire que penser à moi, ressasser ce que je leur ai fait vivre. Je ne suis probablement qu'une anecdote désagréable de leur passé. Et rien ne dit que, si j'étais restée, notre amitié aurait perduré. Les gens changent, prennent des chemins différents… On se serait sans doute éloignées de toute façon, on n'était que des gamines…

Elle s'est tue, les yeux dans le vague. Je voyais bien qu'elle essayait de relativiser mais son petit speech ne convainquait personne. D'abord parce que : albécada. Ensuite parce que je voyais, depuis toujours, à quel point ma mère valorisait *mes* amitiés. Jamais elle n'aurait dit, à propos de mes meilleures amies, que nous allions de toute façon nous éloigner. Non, maman parlait de la richesse et de la beauté de ces liens, de leur importance, surtout pour moi qui étais fille unique. Elle était la mère qui organisait les meilleures soirées pyjama, les plus belles fêtes d'anniversaire, qui embarquait volontiers une ou deux gamines supplémentaires en week-end ou en vacances. Ma mère avait tout fait pour que je sois entourée, et s'en réjouissait sincèrement, alors son discours tombait plutôt à plat. Je constatai tout de même un certain relâchement dans son attitude : elle avait porté un ongle à sa bouche mais ne le rongeait pas. J'en profitai pour proposer de nous rapprocher du centre-village. Elle protesta. J'arguai que nous avions une liste de tâches à cocher, que s'il fallait entrer dans sa maison il fallait commencer par s'en approcher, bref je lui rappelai l'objectif de notre venue. Elle me redit sa frousse de tomber sur ses anciennes camarades. Je plaçai alors mon :

— L'avantage du mois de juillet, c'est que tout le monde part en vacances, non ?

Elle a fini par acquiescer.

Nous avons donc quitté l'ombre du tilleul pour retourner sur nos pas, en direction du stop. Quand ce dernier a été en vue, maman a commencé à hyperventiler. J'ai suggéré une pause, elle un détour.

— On habitait par là, Béné et moi, m'a-t-elle expliqué le souffle court. Un peu plus haut, après l'arrêt de car, se trouvait le lotissement de Béné. Et encore audessus, c'était l'allée qui menait chez moi. Je ne veux pas passer devant. Pas maintenant.

J'ai plissé les yeux pour essayer de repérer l'allée en question mais entre la courbure de la route, et plusieurs engins de chantier garés sur le bas-côté, je n'ai rien distingué.

— Et ton détour, ai-je demandé, il nous rallonge de combien ?

C'est qu'il faisait chaud, sur le bitume, et je sentais de grosses gouttes de sueur glisser entre mes omoplates sous mon débardeur.

— Quinze minutes, a promis maman. Vingt max. On contourne la butte et on monte au centre-village par l'autre côté.

— Et de là on peut aller au cimetière directement ? Il n'y aura pas d'autres obstacles sur le chemin ?

Elle a mordu son pouce puis a affirmé :

— Je pense que je pourrai gérer.

Nous avons donc entamé le détour, sous un soleil encore bien enthousiaste, vers le centre de Saubanoos. Tandis que maman m'expliquait la géographie du village (en gros, une butte entourée de champs, avec une forêt d'un côté et un ruisseau – la Louye – de l'autre), je glanais sur les talus et au bord des fossés des fleurs sauvages pour constituer un bouquet.

— À mon époque, racontait maman, il y avait un genre de hiérarchie : plus tu habitais vers le haut du village, plus c'était chic. Si tu étais au pied de la colline du côté de la Louye, ou vers l'école primaire, c'était encore bien. Mais si tu habitais « en bas », c'est-à-dire vers les champs, ou pire au nord à la limite de la forêt, alors là on te considérait comme un bouseux.

— Et toi, tu étais du côté chic.

— Pas au sommet, mais assez haut et avec une vue panoramique sur les Pyrénées. Cass en revanche était côté forêt. Et Dalia encore plus loin, dans le coin des logements sociaux.

J'ai repéré une touffe de coquelicots, ai fait quelques acrobaties pour aller les cueillir pendant qu'elle ajoutait :

— Mais tout ça était concentré dans un mouchoir de poche, sur et autour d'un monticule perdu au milieu d'hectares de maïs. De la mairie à la Louye, c'était dix minutes à pied. Pareil de la mairie à chez Cass, côté forêt. Et en prenant les chemins des vaches… Parce que Béné et moi habitions un secteur prisé mais le terrain à côté, c'était quand même un pâturage.

Elle a ensuite décrété qu'elle ne reconnaissait aucune des maisons que nous longions, que le village avait dû beaucoup se densifier, puis elle a découvert le bouquet que je portais et s'en est étonnée.

— C'est pour le cimetière, ai-je expliqué.

— *Oh fuck*… Même ça je n'y ai pas pensé.

Elle s'est mise à attraper toutes les fleurs qu'elle croisait, si bien qu'en entamant la montée vers le centre du village notre gerbe avait triplé de volume. L'ascension en elle-même ne prit que quelques minutes, le long d'une rue pavée bordée de belles grosses granges aux hautes portes arrondies. Puis nous avons atteint le haut de la butte et le cœur de Saubanoos est apparu. D'abord la « maison pour tous » à notre gauche, flanquée d'un mignon puits à margelle de pierre ; la bibliothèque municipale à droite, derrière une rangée de palmiers ; un peu plus loin la mairie, faisant face à la salle des fêtes et à la place du marché ; plus loin encore venaient un bar, quelques commerces, la croix verte d'une pharmacie. Maman a accéléré le pas et baissé la tête pour dépasser cette dernière. Elle a poussé un soupir de soulagement en atteignant l'église et s'est engouffrée dans le petit cimetière qui la bordait. De là, la vue était dingue, on dominait toute la campagne environnante et au loin, floue et bleutée, se devinait la chaîne des Pyrénées. J'ai essayé de me repérer : la rue qui longeait l'église et amorçait à présent sa descente devait ramener au stop, en passant devant l'allée et le lotissement dont maman avait parlé. Nous avions fait un large détour pour les éviter mais à vol d'oiseau, nous devions être tout près.

C'est ce qui expliquait sans doute que, contrairement à moi, maman ne s'était pas arrêtée pour contempler le panorama. Elle s'était faufilée entre les tombes, ses sandales crissant dans les allées gravillonnées. La gerbe de fleurs des champs dans les bras, je l'ai rejointe au fond du cimetière devant une stèle toute simple, toute droite, qui portait en lettres dorées le prénom de ma grand-mère : Imogen.

Octobre 1992

— Pas vrai ! Imogen était mannequin ?

Bénédicte ouvre de grands yeux émerveillés et Alice confirme :

— À Londres au début, après à Paris. Mais ça n'a pas duré longtemps. Dès qu'elle a rencontré mon père elle a arrêté.

— Elle est tellement belle, ta mère, soupire Dalia. Tellement distinguée…

— C'est sûr que les nôtres, c'est pas la même tisane ! s'esclaffe Cassiopée. Celle de Béné sait bien s'arranger encore, mais la tienne et la mienne, Dalia, c'est vraiment des ploucs.

— Ton père aussi, il est beau, glisse Bénédicte en rosissant. Il est élégant. Quand on les voit ensemble on dirait des stars. Ou des royautés.

Alice proteste que les parents de ses amies sont chouettes aussi mais les trois adolescentes sont formelles, on n'a jamais vu à Saubanoos un couple plus sensationnel, plus classe, plus épatant qu'Imogen et Christian.

— Même Prisca est jalouse, appuie Bénédicte. Et je te dis pas comme elle bave sur ta maison. Quand je lui ai raconté que tu avais ta propre salle de bains, elle est devenue verte.

Dalia lui jette un regard étonné et Bénédicte ajoute en baissant la tête :

— Elle faisait la maligne parce que Alice n'a pas de piscine. J'ai pas résisté. Je lui ai parlé des dressings, aussi.

Les filles hochent la tête. Même sans piscine, la maison d'Alice surpasse largement celles de Bénédicte et de Prisca, qui font pourtant partie des plus grandes du lotissement « du haut », et qui représentaient jusqu'alors à leurs yeux le summum du luxe. Chez Alice les tapis sont plus épais, les canapés plus moelleux, la cuisine plus moderne. Le congélateur distribue des glaçons, la chaîne hi-fi dispose de haut-parleurs tout autour du salon. Quant aux dressings… personne au village ne peut s'aligner. Celui d'Imogen en particulier est époustouflant : c'est une vraie pièce avec des fauteuils, une porte-fenêtre et un petit balcon. Les filles sont d'ailleurs assises à l'intérieur, sur la douce moquette crème, étalant devant elles sacs à main et escarpins.

— Ça, ça doit coûter cher, dit Bénédicte en pointant une pochette Chanel.

— C'est un cadeau de papa. Mais le préféré de maman, c'est…

Alice se retourne, ouvre un tiroir, et en sort un sac de toile dont elle extirpe quelque chose.

— Le Birkin, d'Hermès. Papa le lui a offert pour ses trente ans.

— Ouah…, font Bénédicte et Dalia.

— Ben quoi ? s'étonne Cassiopée. C'est un sac, y a pas…

— C'est un Birkin ! s'écrie Bénédicte.

— Ça vaut plus cher qu'une voiture, murmure Dalia.

— Eh bé..., expire Cassiopée. Il fait quoi comme métier ton père, déjà ?

Alice plisse le nez et pince les lèvres avant d'avouer :

— En fait je ne sais pas trop. Un truc dans une banque. Directeur de je ne sais pas quoi.

— Un boulot de capitaliste, quoi. Comme les parents de Béné.

— Mes parents sont pharmaciens, se défend Bénédicte. C'est du service, comme la mère de Dalia.

— La mère à Dalia, elle lave des vieux à la maison de retraite. C'est pas exactement pareil.

— Oui ben... si tout le monde faisait comme tes parents, Cass, alors... alors...

Bénédicte ne trouve pas la réplique appropriée – assez cinglante sans devenir insultante – et, devant son air vexé, Cassiopée éclate de rire puis achève :

— Alors tout le monde devrait voter Laguiller et cultiver son jardin. On boufferait des blettes à tous les repas, l'économie s'effondrerait mais on aurait un transit du tonnerre.

Lorsque Imogen entre dans son dressing, elle y trouve les quatre filles écroulées de rire sur la moquette.

— *Hi girls!* lance-t-elle avec un sourire chaleureux. Vous passez le bon temps ?

— *Du* bon temps, *mum*, corrige gentiment Alice. Oui, on s'amuse hyper bien !

Dalia, Bénédicte et Cassiopée dévorent des yeux la mère de leur amie. Sa silhouette souple, son visage rond, ses yeux en amande, ses longs cheveux raides. Elle porte, comme Alice le plus souvent, un jean et un tee-shirt uni. Pieds nus et sans bijoux, à peine maquillée, elle est radieuse dans sa simplicité, et son accent anglais et ses petites fautes de français la rendent encore plus charmante.

— *Have you seen my wallet, sweety?* demande-t-elle à Alice.

Celle-ci secoue la tête et quand Imogen repart, après un dernier sourire aux filles, elle explique :

— Ma *mum* passe son temps à perdre ses affaires.

— Pas le Birkin ! s'inquiète Bénédicte.

— Non, jamais de grosses choses mais ses clés, ses papiers, son argent… tout le temps. Et après on les retrouve dans un placard ou au fond du frigo… Je ne sais pas comment elle fait. Elle est trop dans la lune je crois. Mais on est habitués, avec papa, ça nous fait même rire. Et il dit que sans ça elle serait vraiment trop parfaite.

Bénédicte laisse échapper un soupir. Le couple Imogen-Christian remplace désormais, dans son panthéon du romantisme, le mythique duo Cindy Crawford-Richard Gere. Pour Dalia ce sont Courtney Love et Kurt Cobain qui ont trouvé de sérieux challengers. Quant à Cassiopée, elle songe qu'avec l'argent d'un sac Birkin ses parents pourraient refaire le toit qui menace de s'écrouler, ou remplacer leur antique combi Volkswagen par un véhicule qui l'embarrasserait moins quand ils viennent la chercher au collège. Un soupçon de jalousie vient la titiller. Elle n'en veut pas à son amie mais se promet qu'elle aussi, quand elle sera en âge, votera Laguiller.

4.

J'ai tendu la gerbe de bleuets, coquelicots, berces et pissenlits à maman mais elle n'a pas réagi. Elle observait la tombe de sa mère, puis les voisines, successivement.

— C'est marrant..., ai-je commencé.

— Quelqu'un l'entretient. Regarde comme elle est propre par rapport aux autres.

Et la tombe était non seulement propre – briquée, carrément –, mais aussi fleurie. Plusieurs jardinières s'alignaient, fraîchement arrosées et débordantes de feuillages et de corolles multicolores. J'ai secoué notre brassée de belles des champs, dont certaines commençaient à piquer du nez, et ai demandé :

— On fait quoi de notre bouquet, du coup ? On le met quand même ?

— Pose, a soupiré maman. Ou jette. En fait je n'en sais rien.

J'ai trouvé un vase vide retourné à côté de la stèle, je l'ai attrapé et suis partie chercher de l'eau. Puis j'ai disposé les fleurs dans le récipient, du mieux que je pouvais, avant de placer le tout entre les jardinières. On aurait dit que ça avait été arrangé par un enfant de quatre ans mais ça avait un côté assez charmant. Pendant tout ce temps, maman n'avait pas bougé.

— Tu veux que je te laisse une minute ou…

— Je n'y arrive pas, m'a-t-elle coupée. Me connecter à cet endroit, me recueillir… Je n'ai jamais réussi. C'est pas mon truc.

— Pourtant, c'était ton idée, de venir au cimetière. C'est toi qui l'as ajoutée à la liste.

— Je voulais réessayer. Tant qu'à venir au village… Mais ça ne marche toujours pas. Je ne ressens aucun lien, rien de spécial. Le corps de ma mère est enterré là, mais elle…

Elle a ouvert les bras sur le petit cimetière caillouteux, lumineux, vibrant de chaleur, puis a achevé :

— Ça ne lui ressemble pas, ici. C'est moche, c'est sec. Ma *mum* aimait la beauté, la verdure…

— Elle aimait les roses, ai-je ajouté en me rapprochant.

— Les roses anciennes, les plus parfumées. Il suffit que j'en respire une pour penser à elle. C'est de cette façon que je me recueille, finalement. Les roses, un saule pleureur au bord de l'eau… La beauté toute simple de la nature. Je n'ai pas besoin de tout ce…

De nouveau elle a désigné les sépultures qui nous entouraient. J'ai passé un bras autour de sa taille, nous avons regardé ensemble les coquelicots qui se fanaient doucement.

— Mais ça me touche que quelqu'un fleurisse sa tombe, a-t-elle murmuré au bout d'un moment.

— Tu as une idée de qui ça pourrait être ?

Elle a haussé les épaules.

— Une de tes anciennes amies ? ai-je proposé, déjà tout excitée par l'enquête à mener.

— Peut-être.

— Ou leurs parents ? On pourrait aller toquer à quelques portes, et…

— Non, Chloé. On n'est pas venues pour ça et franchement, je me moque de savoir qui vient ici.

— Tu as dit que ça te touchait.

— Bien sûr que ça me touche. Ma *mum* reste importante pour quelqu'un, quelqu'un d'autre que moi, après tout ce temps. Je ne m'y attendais pas. Elle n'avait pas de famille dans le coin, pas tellement d'amis…

— Raison de plus pour chercher !

Elle s'est détachée de moi et m'a fait face. Je m'attendais à ce qu'elle se fâche, mais elle paraissait plus triste qu'énervée.

— Je fais déjà un effort considérable en étant là, mon chat, a-t-elle énoncé. Ne m'en demande pas plus.

Autant je peux monter au créneau quand elle se braque, autant je fonds devant sa mine chagrinée. Elle le sait et s'en sert parfois, mais en l'occurrence, je voyais bien qu'elle ne cherchait pas à m'attendrir. J'ai hoché la tête et je suis revenue me coller à elle. Le soleil baissait, nos ombres s'allongeaient sur les pierres tombales et le gravier. On aurait pu les croire jumelles tant elles se ressemblaient. Des silhouettes siamoises, fusionnées par la lumière, pour une mère et une fille fusionnelles. Je sais que notre relation est inhabituelle. En tout cas aucune de mes amies ne vit ça. Mais le contexte est aussi particulier : depuis que je suis toute petite c'est maman et moi, point. Mon père vit loin, elle ne s'est pas remise en couple, ou pas assez sérieusement pour qu'un gars emménage chez nous. Il n'y a autour de nous ni tante, ni oncle, ni cousins, ni grands-parents. Elle a des copines bien sûr, et des amies proches, tout comme moi. Mais je suis son centre, et elle est le mien. Alors évidemment, parfois, on se heurte. Elle hausse le ton pour nous rappeler qu'elle est l'adulte et moi l'enfant. Mais ça arrive de moins en moins souvent.

J'ai pris sa main – moite, toujours – et lui ai proposé de quitter le cimetière. Nous nous sommes dirigées tranquillement vers la sortie. La vue était toujours aussi dingue et j'allais le mentionner quand j'ai aperçu du coin de l'œil un mouvement vers la route. Quelqu'un agitait les bras dans notre direction.

— Tu as vu la… ? ai-je débuté.

Mais maman avait déjà fait volte-face et repartait à toute allure vers l'endroit d'où on venait. J'ai hésité. Côté route la personne – une dame âgée, grise de cheveux, noire de peau – gesticulait et appelait : « Alice ? Alice ? » À l'opposé, les gravillons volaient sous les semelles des Birkenstock, ma mère atteignait déjà le mur du fond. La loyauté l'a emporté, j'ai rejoint la fuyarde.

— Où est ce foutu trou ? haletait-elle en scrutant le mur.

— Tu m'expliques ?

— Il y avait un trou. Derrière le caveau des Baradat, on passait tout le temps par là !

J'aurais bien voulu savoir pourquoi ma mère « passait tout le temps » par un trou dans le mur d'un cimetière, mais je conservais quand même le sens des priorités. J'ai donc demandé :

— Pourquoi tu te barres ? C'est qui, cette femme ?

— C'est Nour. Et y a plus de trou. Ils ont rebouché le trou. Comment on fait pour passer, maintenant ?

— Qui est Nour ? ai-je insisté.

— Quelqu'un que je ne veux pas voir. Oh *fuck* ! Elle vient vers nous ! Tant pis, on va passer par-dessus.

Le mur nous arrivait à la taille, il n'était pas difficile de s'y hisser. De l'autre côté en revanche, le sol était bien plus éloigné. Assise à califourchon sur la pierre chaude, ma mère me donna ses instructions :

— Tu fais attention, d'abord tu passes la deuxième jambe et puis...

Elle joignit le geste à la parole, balançant gracieusement sa jambe par-dessus le faîte du mur. Sa sandale se détacha de son pied et partit en vol plané. Je pense que ça l'a déconcentrée. Parce que la suite de son plan était vraisemblablement « tu sautes » ou « tu te laisses glisser ». Pas « tu bascules et tu t'écrases dans le pré ».

Mai 1993

— Alors là, souffle Cassiopée, ça m'en bouche un coin. C'est toujours comme ça, les fêtes entre voisins, à Versailles ?

— Je crois que ma *mum* s'est un peu emballée, répond Alice avec un rire gêné. Même à Versailles… Elle a dû mal comprendre. Papa l'avait dit, pourtant : un truc simple, pour faire connaissance avec les gens du village. Pas… ça.

— On croirait une réunion de l'ambassadeur, murmure Dalia les yeux brillants. Comme dans les pubs Ferrero Rocher.

— Vous avez vu la tête de Prisca ? glousse Cassiopée. Et de ses parents ?

Dalia lève sa flûte en cristal et observe les fines bulles qui remontent dans le liquide sombre.

— J'ai jamais bu un Coca aussi chic.

— Ce que je préfère, dit Bénédicte, ce sont les chandeliers en argent. Il y en a chez moi aussi mais jamais on n'aurait pensé à les mettre dans le jardin. Maintenant que le soir tombe, c'est drôlement joli.

Les filles approuvent. Imogen s'est plantée, les convives pensaient se rendre à un apéritif décontracté et se retrouvent au milieu d'une *garden-party*... mais le résultat a quelque chose de féerique. Tout le parc est illuminé de lampions et de bougies. Sous le grand marronnier sont dressées de longues tables débordant de victuailles, les plats de faïence ancienne côtoyant les paniers d'osier décorés de fougères. Bouteilles de champagne et de sodas prennent le frais dans une bassine en fer-blanc remplie de glaçons.

— C'est réussi, poursuit Bénédicte. Ce mélange de rustique et de raffiné, ça ressemble vraiment à ce qu'on voit dans les magazines de déco de ma mère.

Alice triture un ongle un moment et finit par confier :

— C'était son métier, à ma *mum*. Avant qu'on emménage ici. Elle était décoratrice d'intérieur.

— Pour des magazines ? demande Bénédicte.

— Pour des particuliers. Mais certaines de ses réalisations ont été photographiées pour des magazines. Elle commençait à être un peu connue, dans le secteur.

— C'est con, lance Cassiopée en terminant sa flûte de Seven Up. Se retrouver ici, c'est les boules pour elle, non ?

— C'est sûr qu'ici c'est moins facile. En plus elle avait de gros projets en cours, elle venait d'embaucher un assistant. Mais papa était muté, on n'a pas eu le choix.

— Je suis sûre qu'elle va retrouver des clients, affirme Bénédicte. Peut-être parmi les invités de ce soir ?

Alice hausse les épaules. Imogen vient de reparaître dans le jardin, elle a troqué sa robe de soirée pour une tenue plus simple.

— Je ne sais pas comment elle se débrouille, soupire Alice. Elle est toujours à côté de la plaque.

— Ça n'a pas l'air de contrarier ton père, glisse Dalia en observant Christian.

Le père d'Alice rit, entouré de plusieurs convives – dont les parents de Bénédicte – aussi hilares que lui. Lorsque Imogen les rejoint, il l'enlace tendrement et lui propose sa flûte de champagne. Au même moment une grande femme noire aux cheveux ras s'approche des adolescentes, assises en rang sur un banc de fer forgé.

— C'est toi, la fille ? demande-t-elle en fixant Alice.

Alice opine, gênée par le regard acéré de l'inconnue qui reprend sans sourire :

— Alors tu diras à ta mère que je devais partir, mais que si elle veut continuer notre conversation de la cuisine, je suis disponible. Et dis-lui qu'on s'en fout, si les gens se moquent. Les gens sont des cons. Surtout ici.

Puis, sans plus de cérémonie, elle tourne les talons et s'éloigne à grands pas.

— C'était qui ? demande Alice aussitôt que la femme a disparu de sa vue.

— Nour, répond Dalia.

— Elle est infirmière au centre hospitalier, précise Bénédicte.

— Elle bosse de nuit, ajoute Cassiopée. En primaire, on racontait qu'elle était un vampire à cause de ça.

— Et parce qu'elle nous faisait peur, souffle Dalia.

— Ouais… Les gens du village l'aiment pas trop. Y a plein de bruits qui courent sur elle, mais à mon avis, c'est surtout parce que c'est des gros racistes.

— Je me demande de quoi elle a pu parler avec ma *mum*.

— Des cons du village, elle l'a dit. Et je crois qu'on devrait vite aller au buffet avant qu'ils graillent tout.

Les quatre adolescentes retournent se ravitailler puis, de retour sur le banc, Cassiopée décrète :

— On devrait faire des fêtes nous aussi. Comme ça, avec des lumières, des bons trucs à bouffer et plein de boissons.

— Mais sans casse-pieds, précise Bénédicte avec un regard vers Prisca et sa bande de copines.

— Et sans parents, ajoute Alice.

— Sans personne, affirme Cassiopée. Que nous quatre. On resterait tard dehors. On écouterait de la musique.

— Et après on dormirait toutes ensemble ! s'enthousiasme Dalia.

— On peut faire ça ici, propose Alice. Pour mon anniversaire, par exemple ! C'est le 14 juillet. Mes parents seront là mais...

— On fera ça chez moi, décide Cassiopée. Si on veut être tranquilles c'est le seul endroit. On prend des tentes, on les plante dans le bois et personne ne viendra nous embêter.

— C'est pas dangereux ? s'inquiète Bénédicte.

— Mon frère le fait tout le temps. Mais au pire, si on se met à flipper, on rentre dans la grange, ou chez mes parents...

— Par contre il faut que ça soit une fête pour nous toutes, dit Alice. Pas que pour moi.

Cassiopée réfléchit un instant puis énonce :

— Je suis née en mai. Béné et Dalia en juin. On n'a qu'à dire qu'on attend le 14 juillet pour fêter nos anniversaires avec toi.

Bénédicte et Dalia approuvent, tout excitées. S'ensuit un débat sur le meilleur emplacement pour observer le feu d'artifice du village, puis sur la présence – ou non – d'araignées géantes dans la forêt.

— Vous savez ce qui me fait rêver ? dit Alice quand elles abordent le sujet des victuailles. Des Chamallows grillés.

— Oh oui ! dit Dalia en riant. Comme dans les films américains !

— Alors il nous faut un feu de camp. Rien de plus facile, assure Cassiopée. Autre chose ?

— Du saucisson. Des Ritz. Des Knacki, qu'on peut faire griller !

— Et des Raider. Et des Skittles. Des bombes de chantilly.

Tandis que Bénédicte tente de raisonner Dalia qui s'emballe sur les sucreries (« Et des fruits, non ? ou des crudités ? »), Alice s'imagine déjà avec ses amies devant les flammes dansantes.

— J'ai tellement hâte, dit-elle joyeusement. Notre premier feu de camp.

5.

— Ça va ? Tu t'es fait mal ?

Je me suis laissée glisser dans le pré, me suis aussitôt accroupie à côté de maman qui a grogné :

— Je suis au top. Trouve ma Birk s'il te plaît, qu'on se barre d'ici.

Par chance, l'acrobate était tombée sur une portion d'herbe bien épaisse et dépourvue de cailloux. Elle n'était pas blessée – juste vexée. J'ai avisé sa chaussure un peu plus loin, suis allée la repêcher pendant que maman se remettait sur ses pieds, frottait son jean, vérifiait le contenu de son sac à main et secouait ses cheveux.

— C'est bien, tu as évité les bouses de vache, me suis-je marrée en lui tendant sa sandale.

— Tu parles d'une gamelle…, a-t-elle soufflé en jaugeant le mur duquel elle venait de dégringoler. Ça fait au moins un mètre quatre-vingts de ce côté.

— Alice ? c'est toi ? a appelé une voix au-dessus de nous.

— On se casse, a décrété maman en attrapant ma main. Par là !

Nous nous sommes faufilées le long du mur, en contrebas du cimetière puis de l'église, et en direction du centre. Un peu plus haut dans le pré un bosquet de bambous nous a permis de poursuivre à couvert, et de rejoindre un portail bas que nous avons enjambé – avec brio cette fois – pour gagner une allée.

— À droite, a indiqué maman. On va se planquer derrière la salle communale.

Ça avait un côté un peu surréaliste de suivre ainsi ma mère, qui fuyait je ne sais qui, pour aller se cacher je ne sais où, dans un village qu'elle avait quitté depuis vingt ans mais qu'elle connaissait manifestement encore comme sa poche. Je mesurais la quantité de choses que j'ignorais à son sujet – que faisait-elle de ses journées dans ce village quand elle avait mon âge ? Avec qui se baladait-elle dans les champs des vaches ? Que lui avait fait Nour pour qu'elle refuse de l'approcher ? Pourquoi passait-elle « tout le temps » par le trou du mur du cimetière ? – quand j'ai aperçu le sang sur son bras.

— Maman, tu es blessée !

Elle s'est arrêtée net et a inspecté l'endroit que je lui indiquais. Nous avons découvert une belle estafilade et son coude à vif.

— C'est bizarre, a-t-elle tiqué. Je n'avais rien senti.

— Tu as dû cogner sur le mur en tombant. Il faudrait désinfecter.

Elle a haussé les épaules, l'air de dire « j'ai connu pire, je ne vais pas en mourir ».

— Et ça saigne quand même pas mal…

— Je dois avoir des mouchoirs, a-t-elle dit en fouillant d'une main dans son sac.

Elle a extirpé une serviette en papier – celle qui accompagnait son sandwich dans le train – et a commencé à tamponner sa plaie.

— C'est nul, ce que tu fais, ai-je protesté. Il faut nettoyer, pas rajouter des miettes ! Il y a une pharmacie juste à côté, on va aller acheter un antiseptique, une boîte de pansements et ce sera…

— Pas la pharmacie ! s'est aussitôt alarmée maman. C'était l'officine des parents de Béné, je ne veux pas prendre le risque de les croiser.

J'ai eu beau argumenter que depuis le temps, les parents de sa copine avaient dû prendre leur retraite, elle a refusé d'aller plus loin que la place du marché. Je suis donc partie seule à la pharmacie acheter de quoi soigner ma mère, pendant que cette dernière m'attendait, courageusement planquée derrière une voiture. Quand je suis ressortie elle m'a fait signe de me dépêcher puis, lorsque je l'ai rejointe, a chuchoté :

— J'ai vu repasser Nour. Elle me cherche.

— Tu m'expliques ce qui s'est passé, avec cette Nour ?

— Pas maintenant. On va retourner derrière la salle des fêtes et…

— Ah non ! ai-je grondé. Je refuse de faire ton pansement embusquée dans une allée. En plus à la pharmacie ils ont dit qu'il fallait laver la plaie avant de la désinfecter, pour enlever les éventuelles saletés. Ils ont même proposé qu'on utilise leurs sanitaires. Et avant que tu hurles, je précise que ce ne sont pas les parents de ta copine, au comptoir. Ce sont deux jeunes d'à peine quarante balais. Donc ça suffit la partie de cache-cache, on va à la pharmacie.

J'y étais allée un peu fort. Maman le savait, j'en étais consciente aussi. On s'est regardées un moment dans le blanc des yeux. Je suis presque sûre qu'elle allait m'envoyer bouler quand un bip-bip nous a fait sursauter. Les rétroviseurs du monospace derrière lequel maman s'était réfugiée se sont redressés, nous nous sommes écartées, j'ai changé de registre pour convaincre ma blessée :

— Allez, mamounette, allons à la pharmacie. On y sera mieux pour te soigner. Steuplaît.

Maman a eu le temps de souffler « Bon, si tu... » avant de se figer.

Une femme élégante se dirigeait vers le monospace : grande, brune, avec une belle robe à fleurs dont le bas s'évasait. Elle avançait clé en main, concentrée, puis a jeté un coup d'œil dans notre direction. À son tour elle s'est pétrifiée. Maman avait la bouche ouverte mais aucun son ne sortait. L'inconnue a laissé tomber sa clé et ne l'a même pas remarqué.

Puis elles ont fini par sortir de leur léthargie – c'est fou comme ça peut sembler long, ces moments suspendus, quand quelque chose d'important est sur le point de se passer. L'inconnue a murmuré « Alice ». Maman a dit :

— Béné.

6.

S'il fallait choisir un mot pour définir les retrouvailles de maman et son ancienne amie, j'opterais pour « malaisant ». De leur accolade raide à leurs sourires crispés, en passant par leurs rougissements, leurs bafouillages, leurs lapsus et leurs phrases bancales... c'était atroce, un naufrage, le fameux accident dont on n'arrive pas à détourner les yeux, c'en était douloureux à regarder. En tout cas les cinq premières minutes. Ensuite leur niveau de stress, voire de panique à toutes les deux a baissé et elles ont réussi à entamer un dialogue à peu près cohérent.

Bénédicte a confirmé que ses parents avaient pris leur retraite. Ils vivaient toujours au village mais s'étaient découvert une passion pour le camping-car et voyageaient désormais beaucoup. La pharmacie avait été reprise par une de ses sœurs aînées, Marie-Aimée, à qui Béné était justement passée faire un coucou cet après-midi.

Maman a raconté que nous étions là pour régler des « trucs administratifs » avec son ancienne maison. Elle a ajouté que nous avions peu de temps, que nous passions en coup de vent, ce qui expliquait qu'elle n'ait prévenu personne, même si c'était dommage, même si elle y avait pensé, même si ç'aurait pu être l'occasion de… de quoi, on n'a pas su, elle n'a jamais achevé sa phrase.

— Et c'est ta fille, alors, a vaillamment enchaîné Bénédicte en me désignant.

— Ma grande Chloé, a confirmé maman. Et toi ? Tu as des enfants ?

— Trois : Capucine, Octave et Titouan.

Elles ont avancé avec un peu plus d'aisance sur ce sujet, se sont congratulées mutuellement, même si leur échange n'était pas exempt de silences pesants. Bénédicte était cordiale, tendue mais nullement agressive ou revendicatrice. Elle a d'ailleurs proposé de nous inviter à dîner le soir même, chez elle à Montardet.

— C'est le village d'à côté, a-t-elle précisé à mon intention. Je serais très heureuse de vous présenter ma famille. Mon mari, tu sais, Alice… je l'ai rencontré pendant que tu faisais ton tour du monde. Je t'en avais parlé quand tu étais repassée au village, quand on avait fêté nos vingt ans ensemble…

Maman s'est extasiée : incroyable, merveilleux, tu as épousé ton amour de la fac ! Mais elle a décliné l'invitation à dîner.

— Dans ce cas, a tenté Bénédicte, avez-vous au moins le temps de prendre un verre ? Au café, par exemple ? C'est toujours le vieux Poey qui le tient. On serait mieux assises que debout sur le parking…

Les yeux de Bénédicte brillaient tellement que maman n'a pas réussi à refuser. Nous avons tout de même marqué un arrêt à la pharmacie pour nettoyer, désinfecter et panser sa plaie. Puis nous sommes allées nous asseoir dans la grande salle au plafond bas, aux murs lambrissés, du bar-tabac de Saubanoos. Maman n'avait pas voulu s'installer en terrasse. C'était un choix prudent, elle devait encore craindre de voir Nour débarquer, et judicieux – vu l'état de crasse des fenêtres, on ne risquait pas de se faire repérer –, mais pas sans conséquence : il faisait une chaleur étouffante, épaisse, que ne parvenait même pas à brasser le ventilateur.

— C'est dingue, a soufflé maman en promenant son regard sur le Baby-foot, le flipper, les petites tables de bois couvertes de nappes en papier. J'ai l'impression de remonter le temps.

Une serveuse a déposé nos commandes sur la table, a décapsulé les bouteilles de soda et est repartie en traînant les pieds. Bénédicte a saisi son verre, froncé les sourcils devant sa propreté approximative, puis a confirmé :

— Rien n'a changé. Le vieux Poey est sûrement derrière, d'ailleurs. Si tu veux le saluer, on peut demander...

Maman a secoué la tête :

— Surtout pas. Aucune raison de le déranger. Je ne suis pas... On ne fait que passer. Et puis il ne doit plus se souvenir de moi...

— Bien sûr que si, a souri Bénédicte. Personne ne t'a oubliée.

Maman a reposé son verre de Perrier et a porté un ongle à sa bouche tandis que Bénédicte poursuivait :

— D'ailleurs, je pensais... mes parents sont en Espagne en ce moment mais ils seraient tellement heureux de te voir... tu penses qu'un appel visio, très court, serait... ?

Maman lui a jeté un air si effaré que Bénédicte s'est aussitôt reprise :

— Pardon. Tu es pressée, tu as des choses à faire, et moi je m'emballe et veux te faire causer à tous les Saubanoonais. Désolée. C'est simplement… si incroyable de te voir ici aujourd'hui, Alice. Ça m'a fait un tel choc quand je t'ai reconnue sur le parking.

Maman a baissé la tête – il ne devait plus rester grand-chose de l'ongle de son petit doigt – tandis que Bénédicte continuait :

— Et quand Dalia va te voir…

— Dalia ? s'est aussitôt affolée maman. Pourquoi Dalia me verrait ?

— Eh bien… parce qu'elle va nous rejoindre ici, a répondu Bénédicte du ton de l'évidence. Je lui ai envoyé un SMS tout à l'heure, pendant que tu te faisais soigner. Il fallait bien… enfin tu es là, je ne pouvais pas ne pas le lui dire !

Maman a recommencé à paniquer et à hyperventiler. Bénédicte, navrée, a eu le tact de s'éclipser en prétextant un besoin pressant. Il faisait une chaleur terrible dans le café. Les vitres avaient beau être poussiéreuses, le soleil oblique les traversait avec vigueur en cette fin d'après-midi. Je pêchai un glaçon dans mon verre et le passai sur le front de ma mère en l'encourageant.

— Respire doucement. Expire le plus longtemps possible… Parfait.

— Je ne peux pas, Chloé, a-t-elle geint. Je ne peux pas voir Dalia.

— Bien sûr que si. Tu t'en es très bien sortie avec Béné. Tu peux gérer Dalia aussi.

— On va dire qu'on doit partir. Qu'on a un train. Qu'on est pressées.

— À ton avis, quelles étaient les chances que tu te planques derrière la voiture de Bénédicte ?

Elle m'a regardée avec des yeux ronds.

— Je ne vois pas...

— C'est le destin, mamounette. Non seulement Béné passe à la pharmacie pile le jour où tu reviens, mais en plus tu te caches derrière son monospace. C'était écrit. Et c'est ta chance d'arranger les choses !

— On n'arrange pas les choses vingt ans après, Chloé. C'est trop tard.

— Alors n'arrange pas, mais au moins, excuse-toi. Tu as dit tout à l'heure que tu aurais dû leur expliquer ton départ. C'est le moment. C'est génial, en fait ! Tu as l'occasion de tout régler en une fois : la maison et tes copines.

— Si les choses étaient aussi simples...

— Pourquoi ne le seraient-elles pas ? En plus tu as bien dû remarquer qu'elle est plutôt heureuse de te voir, Béné. Elle n'est pas en colère, elle ne veut pas t'étrangler. Elle nous a invitées à bouffer chez elle ! Et je suis certaine, à mille pour cent, que Dalia sera dans le même état d'esprit. C'était la plus gentille des trois, Dalia, non ?

— La plus douce, oui...

— Voilà. Donc elle ne va pas te trucider non plus. Tu as le droit de te détendre. De kiffer, peut-être même !

Elle a marmonné un truc inaudible, probablement que j'étais très pénible, ou très maligne, voire les deux, mais a hoché la tête, et quand Bénédicte est revenue des toilettes, maman n'a ni annoncé notre départ ni parlé de train à attraper. À la place elle a demandé en quelle classe étaient les enfants de Béné. Elles ont discuté profs, cantine, programme scolaire pendant un moment. Ça ressemblait en tout point à une conversation de daronnes lambda.

Puis une femme est entrée dans la salle et le silence s'est fait. Elle était petite et potelée, très mate de peau avec une masse de cheveux noirs bouclés. Mais le plus beau était son sourire immense, étincelant, illuminant tout son visage. Elle n'a laissé à maman ni le temps de se lever ni celui de placer un mot. Elle s'est jetée sur elle et l'a serrée dans ses bras. Rien à voir avec l'accolade raide de Bénédicte sur le parking. On était plutôt sur du câlin intense et longue durée, genre « adieu je pars pour la guerre, ne m'oublie pas » ou dans notre cas « ça fait vingt ans, où étais-tu passée ? ».

Quand elle a enfin lâché maman, j'ai constaté que les deux pleuraient. Dalia s'est alors tournée vers moi pour se présenter, j'ai eu droit à une étreinte plus courte mais aussi chaleureuse. Cela fait nous nous sommes rassises, maman a essuyé de la main une larme qui s'attardait sur sa joue et Dalia s'est tournée vers moi.

— Excuse-moi si je te dévisage, a-t-elle lancé, mais tu es le portrait craché d'Imogen. C'est troublant.

— Vous trouvez que je ressemble à ma grand-mère ? me suis-je exclamée, ravie.

Dalia a consulté Bénédicte du regard, qui a approuvé et ajouté :

— Je n'avais pas osé le mentionner mais... oui, c'est flagrant. Tu as les yeux d'Imogen. La forme du visage aussi. Pas les mêmes couleurs, évidemment. Imogen était très blonde, pâle, les yeux bleu-vert...

— Une vraie Anglaise, a poursuivi Dalia, et toi tu es toute brune et mate de peau. Mais si on omet ça... Oui, vraiment, la ressemblance est frappante. Tu es… une Imogen méditerranéenne.

— On a toujours trouvé qu'Alice lui ressemblait, a enchaîné Bénédicte. Mais toi, Chloé…

Elles me regardaient avec un air attendri, presque ému. Ça m'a touchée. C'était la première fois que je rencontrais des personnes qui avaient côtoyé ma grand-mère, qui pouvaient l'évoquer. Ça m'a donné l'impression qu'au quotidien maman vivait comme une déracinée – j'ai visualisé un pied de maïs qu'on aurait arraché comme ça, « ploc ! » – mais ici, à Saubanoos, on était de retour à sa terre. On touchait à la source de son histoire, de son passé. J'étais déjà à deux doigts de verser une larme quand Dalia m'a achevée :

— Elle était exceptionnelle, Imogen. Tellement adorable. Impossible de la rencontrer sans l'aimer.

Août 1993

— Vous voulez le *orange juice, girls* ? propose Imogen. Je l'ai presse maintenant.

— Merci madame, répond Bénédicte en tendant son verre.

— Moi aussi, dit Cassiopée.

— J'espère que vous mesurez votre chance, fait remarquer Christian en souriant, de boire un jus de fruits frais, sur cette magnifique terrasse, face aux Pyrénées, en un si parfait matin.

— Trop de soleil, grommelle Alice. Je vais chercher mes lunettes.

— *If you see mine…*, commence Imogen.

— *Darling*, fait Christian avec un soupir que dément son air indulgent. Tu les as encore perdues ?

Imogen soulève les épaules, l'air désolé et charmant, et retourne dans la cuisine chercher les *pancakes*, le *fried bacon* et les *scrambled eggs* qu'elle a préparés.

— Tout a l'air délicieux, dit Bénédicte en louchant sur les *pancakes*. Merci beaucoup pour ce beau petit déjeuner.

— Je vais voir si je peux retrouver tes *sunglasses, darling.*

Christian se lève et rentre dans la grande maison par les portes-fenêtres du salon. Bénédicte le suit des yeux. Elle aime sa chevelure brune et épaisse, ses épaules carrées mises en valeur par une chemise claire et bien coupée, sa démarche assurée. Parfois, quand elle est seule avec Dalia, Bénédicte ose dire à quel point elle trouve le père d'Alice formidable. Dalia approuve, toujours. Elles partagent cette passion secrète, ce béguin inoffensif qu'elles préfèrent néanmoins taire.

Bénédicte mange ses *pancakes* en songeant au corps sans doute idéal de Christian. Cette pensée la fait rougir. Cassiopée dévore le bacon sous le regard amusé d'Imogen.

— Trouvées, annonce Christian en reparaissant. Elles étaient dans ton sac à main, *dear*.

— J'ai cherché pourtant, se défend mollement Imogen.

— Nous sommes complémentaires, *my love*. Tu perds, je trouve.

Tous retournent à leurs jus, cafés, *pancakes*, jusqu'à ce que le bruit du store qui se déplie leur fasse lever la tête.

— Sinon *mum* va prendre un coup de soleil, explique Alice en regagnant la terrasse désormais ombragée.

— Une qui va rentrer bronzée, c'est Dalia, lance Cassiopée.

— Elle est en Algérie ? demande Christian.

— Comme tous les ans, dans la famille de sa mère. En général elles reviennent bien noires. Encore plus noires que Nour.

Un silence s'installe et Bénédicte lance un regard de reproche à Cassiopée. Pourquoi avoir parlé de Nour ?

Un malaise plane à présent sur le joli petit déjeuner. Christian semble même contrarié.

— Vous savez, débute-t-elle, se décidant à mettre les pieds dans le plat, pour votre tabatière en argent qui a disparu lors de la fête…

— Ce n'est rien, affirme Christian. C'est oublié.

— Mais je voulais vous dire… je ne sais pas qui a cru voir Nour la prendre, mais il se peut que ça soit…

— Des grosses conneries, achève Cassiopée. On l'a vue partir, nous, Nour, et elle n'avait même pas de sac à main. Où elle aurait planqué votre machin ?

— C'est oublié, répète Christian. Beaucoup de monde est entré dans la maison ce soir-là, nous ne saurons jamais ce qui s'est passé. Mais c'est gentil à vous de vouloir défendre cette personne.

— Peut-être c'est moi que j'ai égaré la tabatière ? suggère Imogen avec un air si effaré que la tablée éclate de rire.

Christian se lève et va enlacer sa femme.

— Avec toi rien n'est impossible, *love*.

Son bras enveloppe les épaules pâles d'Imogen, il dépose dans son cou un baiser qui la chatouille. Bénédicte baisse les yeux. Ses parents ne se permettent pas ce genre de geste tendre, en tout cas pas en public. La jeune fille aimerait que, plus tard, son époux ressemble à Christian et soit fort, protecteur, attentionné. Savant également. Christian est mélomane, il pourrait parler de ses artistes de jazz favoris pendant des heures. Et démonstratif, il enlace, embrasse… et couvre sa femme de cadeaux. Alice aussi est gâtée. Pour son anniversaire, le 14 juillet, elle a reçu une chaîne laser et des dizaines de CD. Ç'a été dur pour les filles de laisser un tel trésor et de se contenter du vieux magnéto à cassette de Cassiopée lors de leur soirée feu de camp. Depuis elles passent beaucoup de temps chez Alice pour écouter de la musique, y dormant même à l'occasion et petit-déjeunant comme ce matin.

— Oh ! s'écrie Imogen lorsqu'un « ding » retentit. Les *muffins* sont *ready* !

— Comme tu nous gâtes ! s'ébahit Christian en relâchant son étreinte. Iras-tu au marché tout à l'heure ? Le serrano que tu avais pris la dernière fois était fameux.

Mais Imogen a disparu dans la cuisine et Christian en profite pour se pencher vers les trois adolescentes.

— Mesdemoiselles, j'ai une mission pour vous.

Il vérifie qu'Imogen ne revient pas et, l'air d'un conspirateur, souffle :

— J'aimerais que vous trouviez dans le parc le meilleur endroit pour planter une roseraie.

Alice sourit. Sa mère adore les roses, qui lui rappellent le jardin de ses grands-parents dans les Cotswolds. Elle sait que cette surprise va ravir Imogen. Cassiopée fronce les sourcils et songe : *Qu'est-ce que j'en sais, moi, du bon endroit pour ça ?*, avant de se rendre compte qu'elle connaît quelqu'un qui sait. Et Bénédicte soupire, plus charmée que jamais. Vraiment, ce qu'il faut dans la vie, c'est trouver un homme qui vous plante des rosiers.

7.

J'étais tellement heureuse d'entendre évoquer ma grand-mère que je n'ai pas tout de suite senti à quel point ma mère semblait nerveuse. Je l'ai interrogée du regard, elle a pointé du menton une des fenêtres crasseuses. Nour repassait au-dehors, à petits pas.

— Elle était d'une gentillesse, Imogen, disait alors Dalia. Elle avait toujours une attention, elle se souvenait de ce que chacune préférait. Tu te rappelles, Alice ? Quand je dormais chez vous, elle faisait toujours mon lit avec ces draps verts que j'adorais.

— Des draps en lin, a précisé Bénédicte. De très belle qualité.

— Et tu te rappelles…, a commencé Dalia.

Mais maman n'écoutait plus. Elle fixait Nour qui, heureusement, s'éloignait sans songer à regarder dans le café. Elle a fini par remarquer le silence de ses deux camarades, qui l'observaient.

— Pardon, j'ai vu… Enfin c'était Nour, là, dans la rue. Ça m'a perturbée.

Dalia a hoché la tête d'un air entendu et je n'ai pas résisté, j'ai demandé, pour la troisième fois de la journée, quel était le problème avec Nour. Dalia et Béné se sont regardées, et maman a fixé son verre en lâchant :

— C'était une amie de ma mère. Enfin une amie… disons qu'elles se sont fréquentées un peu, sur la fin.

— Imogen, a précisé Bénédicte, avait eu des difficultés à se lier avec les gens du village.

— Ils l'avaient snobée, tu veux dire ! a protesté Dalia.

— Et Nour était un genre de paria aussi, a repris maman. Elle était un peu…

— Brute de décoffrage, a résumé Béné. Et puis…

— Sa couleur de peau n'aidait pas, a complété Dalia. Elle était la seule femme de couleur du village, à l'époque. Avec ma mère, évidemment, mais ma mère avait épousé un gars du coin donc on l'avait mieux acceptée…

— Enfin ma *mum* et Nour, à un moment, ont commencé à passer du temps ensemble. On n'a pas trop compris pourquoi…

— Mais on trouvait ça bien, a glissé Dalia. C'était chouette qu'elle se soit enfin trouvé une copine.

— … et ensuite ma *mum* est morte, et Nour est devenue collante. Elle voulait me parler, me raconter des trucs à son sujet. Ça m'a gonflée.

— Et tu penses qu'elle veut toujours te parler, après tout ce temps ? ai-je demandé.

— Vu comme elle m'a interpellée au cimetière…

Maman est restée songeuse un moment, puis d'un coup s'est redressée et a demandé à Bénédicte et Dalia si elles savaient qui fleurissait la tombe d'Imogen. Les deux copines se sont regardées, l'air étonné.

— Pas nous, en tout cas, a dit Dalia. Ni nos parents, *a priori*. Je pense qu'ils nous l'auraient dit.

— Nour, vous pensez ? a suggéré maman.

— Pas le genre, a fait Béné. Non, si quelqu'un s'occupe de la tombe… je pencherais plutôt pour Orion.

Là, maman a fait un truc assez louche. Elle a cessé de respirer. Pendant dix bonnes secondes elle est restée en apnée alors que son visage prenait progressivement une teinte cramoisie. C'était d'autant plus suspect que je n'avais jamais entendu ce prénom.

— Orion ? ai-je répété.

— Le frère de Cassiopée, a indiqué Dalia. Son grand frère, notre aîné de trois ans.

— Alors Orion habite toujours dans le coin ?

Maman avait demandé ça d'un air détaché mais la couleur de ses joues racontait une autre histoire. Ça n'avait pas échappé à ses anciennes camarades, qui se marraient discrètement en lui répondant :

— Non seulement il vit toujours au village, mais il y a ouvert un gîte.

— Un endroit formidable. Sur l'un des terrains de ses parents, en bordure de forêt, avec des roulottes, un tipi…

— Et un grand potager, et une ferme pédagogique… Le tout durable, labellisé. Un travail titanesque. Il faut aller le visiter. Vous allez adorer !

— C'est que…, a bafouillé maman, nous sommes un peu prises par le temps et… on a encore des choses à faire avant de partir…

— C'est dommage, a dit Dalia avec une moue déçue. Il serait…

— Vous le féliciterez pour moi, l'a coupée maman. Il avait beaucoup de goût. Je suis certaine que c'est splendide.

— Ça ne nous prendrait qu'une demi-heure, a insisté Dalia. Et en plus tu pourrais voir les parents de Cass et Orion. Ils seraient tellement contents, eux aussi.

Maman a secoué la tête :

— Pas cette fois.

— Tu vas revenir ? a aussitôt demandé Dalia, de l'espoir plein la voix.

Maman a hésité, puis elle a secoué la tête de nouveau.

— Je ne pense pas. Mais c'est déjà très puissant émotionnellement de passer ce temps avec vous. Je ne crois pas avoir la force pour plus de retrouvailles. Mais je vais vous demander une chose, si vous le voulez bien : dites-leur à tous que je suis passée, et transmettez-leur mes excuses. Dites-leur que je serai éternellement reconnaissante de ce qu'ils ont fait pour moi. Aux parents de Cass et Orion pour m'avoir recueillie, hébergée, choyée après le drame. À tes parents, Béné, pour avoir fait de leur mieux pour me sortir de ma léthargie. Je les ai très mal remerciés en disparaissant comme je l'ai fait. Et vous aussi, évidemment. Et Orion, et Cassiopée. Si vous pouviez leur dire…

Sa voix commençait à trembler. Elle a marqué une pause, a essuyé une larme, les yeux de Dalia se sont aussitôt mouillés. Bénédicte s'est mordu les lèvres et s'est prise de passion pour les plis de sa robe fleurie. Maman a inspiré profondément et repris :

— Vous étiez les meilleurs amis dont je pouvais rêver. Vous trois et Orion, vous m'avez toujours soutenue, et je vous ai abandonnés. Alors dites-leur que je suis désolée. Il ne se passe pas un jour sans que je pense à vous, et je regrette, du plus profond de mon cœur, ce que je vous ai fait.

— On sait que c'était dur pour toi, a dit Dalia en lui saisissant la main.

— Tu avais traversé une épreuve terrible, a ajouté Bénédicte.

— Il fallait que je m'éloigne, a opiné maman. Que je tourne cette page et que j'avance. Mais la façon dont je me suis enfuie… C'est inexcusable. Et je le savais. C'est pour ça qu'aujourd'hui…

Elle a éclaté en sanglots. Bénédicte et Dalia, d'un même élan, se sont rapprochées d'elle. La première a tapoté son dos doucement, la seconde l'a enlacée et maman a disparu derrière un rideau de boucles brunes.

— On ne t'en veut pas, a dit Béné. Ça nous a fait mal sur le moment, c'est sûr…

— Et pendant quelques années, a ajouté Dalia. On t'a attendue, on a espéré longtemps que tu reviendrais…

— Mais c'est loin à présent. On a grandi, mûri. On peut comprendre.

— On ne te juge pas.

— Même Cassiopée ? a reniflé maman.

Dalia a repoussé ses cheveux, fait une grimace, puis a avoué :

— Cass t'en veut encore, c'est certain. Quand on parle de toi elle a tendance à… Enfin, elle n'a pas changé donc…

— Depuis qu'elle essaie d'arrêter de fumer, elle est même pire, a soupiré Bénédicte.

Maman s'est crispée sur sa chaise, a jeté un regard inquiet à la rue à travers les carreaux.

— Mais elle ne t'engueulera pas aujourd'hui, a ajouté Dalia. Elle vit à Bordeaux maintenant. Elle est généraliste, elle y a ouvert son cabinet. Tu ne risques pas de la croiser.

Août 1994

— Ignore-la, Béné, conseille Dalia.

Bénédicte tourne la tête pour ne plus voir Prisca et son scooter rutilant, mais fulmine intérieurement. Pourquoi faut-il que Prisca essaie toujours de la supplanter ? Aurait-elle seulement voulu un Booster MBK, si Bénédicte n'en avait pas reçu un pour ses quinze ans ? Et cette façon de crâner devant tout le monde : « Le mien a une peinture métallisée personnalisée, il est unique… »

— Je la déteste. Je la déteste, je la déteste, je la déteste !

— C'est une peste, approuve Dalia. Mais ce soir, c'est la fête du village, c'est une fois dans l'année, faut pas qu'on la laisse nous gâcher ça. Oh ! Billy Ze Kick ! Viens, on va danser !

Dalia entraîne son amie sur le parking de la salle des fêtes, en haut de Saubanoos, qui fait office de piste de danse, et, à force de sauter et chanter à tue-tête, parvient à dérider Bénédicte qui entonne avec elle *Mangez-moi ! Mangez-moi !* Elles enchaînent avec *Sensualité* d'Axelle Red, puis *Je danse le MIA*, d'IAM, et quand démarre *The Rythm of the Night* de Corona, Bénédicte a oublié

Prisca. Elle bondit, yeux fermés, dans les odeurs de churros et de barbe à papa, dans la vapeur blanche de la machine à fumée, heureuse et hachurée par les rayons verts du show laser.

Au même moment, Alice et Cassiopée terminent un peu plus loin leur tour d'autos tamponneuses.

— Qu'est-ce qu'on s'est fait secouer ! dit Alice dans un rire en s'extirpant du véhicule.

— C'est ce con de Florent, râle Cassiopée. Il n'a pas arrêté de nous percuter. Je me suis cogné le coude à cause de lui !

— Fallait pas le larguer. Maintenant il est désespéré.

— On est sortis ensemble deux semaines ! Faut passer à autre chose, là !

— J'espère que David va venir, soupire Alice en caressant son pendentif. Avec le collier chanceux, si j'arrive à le croiser ce soir, c'est sûr qu'il m'embrasse.

— Oh putain, souffle Cassiopée. Florent se ramène. Il va me coller toute la soirée, cet abruti.

Cassiopée décampe en direction du tir à la carabine, de l'autre côté de la place du marché. Là elle bifurque vers la terrasse du bar-tabac de Poey puis, accroupie, se glisse derrière les longues tables recouvertes de nappes en papier où on sert la paella.

— Ici on devrait…, commence-t-elle avant de se rendre compte qu'Alice ne l'a pas suivie.

Elle hésite. Rester seule à l'abri ? Ou chercher les filles et risquer de retrouver son boulet ? Elle jette un œil alentour : aucun adulte connu en vue. Elle sort de la poche de son jean un briquet et une longue cigarette un peu écrasée. Elle a chipé le briquet à son frère Orion qui l'utilise pour allumer des bougies quand il reçoit sa petite amie à la maison. La Vogue vient quant à elle de chez Dalia dont la mère laisse toujours traîner dans le salon un paquet de ses mentholées. Cassiopée allume la clope et aspire une bouffée avec délectation. Elle aime la vue du fin cylindre blanc entre ses doigts bronzés, la sensation de la fumée au fond de sa gorge, la détente qui gagne son cerveau. « Et merde ! » lâche-t-elle en voyant arriver Brigitte et Jean-Paul, les parents de Bénédicte, accompagnés d'Imogen. Cassiopée se courbe, se fait toute petite dans l'ombre de la table, et tire aussi vite qu'elle peut sur l'objet compromettant.

— … mais j'ai la peur de conduire, explique Imogen en s'asseyant à deux pas de Cassiopée. J'appris en *England*, je ne sais pas rouler la droite.

— C'est sûr qu'ici, sans voiture, on est coincé, compatit le père de Bénédicte en s'installant en face d'elle.

— Surtout si vous voulez relancer votre activité professionnelle, abonde son épouse.

— Et voilà nos bières, annonce Christian en rejoignant le groupe et s'attablant à son tour.

— Imogen nous confiait son désir de reprendre le volant, dit Brigitte.

— Vous pourriez peut-être lui donner quelques cours, Christian ? propose Jean-Paul. Le dimanche, en rase campagne, on est au calme pour s'entraîner. C'est ce que je faisais avec Quitterie, Florence puis Marie-Aimée, avant qu'elles ne démarrent la conduite accompagnée.

— Quand je pense que ce sera bientôt le tour de Bénédicte, soupire Brigitte. Notre petite dernière entre au lycée, les années filent à une vitesse…

— J'aimerais conduire le dimanche, lance Imogen à son mari avec un regard brillant d'espoir.

— Bien sûr *love*, répond Christian. Tous les jours si tu as envie. Simplement…

Il la prend par la taille et la serre contre lui.

— *What?* s'inquiète Imogen. Je ne pas perds les clés de voiture, je promets !

— Simplement tu sais que j'adore te conduire. Te regarder regarder la route, c'est toute la beauté du voyage pour moi.

Quel lèche-bottes, songe Cassiopée en écrasant au sol le mégot de sa cigarette. N'ayant désormais plus rien à cacher, elle déplie sa silhouette longiligne et quitte l'ombre. Elle a encore grandi durant l'année de troisième, mais ne s'est pas remplumée.

— B'soir, lance-t-elle nonchalamment.

Les parents de ses amies la saluent, lui sourient, s'étonnent de la voir seule.

— Au fait, lance Christian alors qu'elle s'éloigne déjà de la table, pourras-tu dire à ton frère de venir lundi en plus de mardi ?

Cassiopée hoche la tête et fuit. Les adultes en général, et ceux-là en particulier, lui sont insupportables.

Elle plaint Orion qui, pour financer son permis et une épave encore plus vieille que le van de leurs parents, a travaillé tout l'été dans les parcs et les jardins du voisinage. Il a notamment retourné des mètres cubes de terre, sous un soleil brûlant, pour créer la roseraie d'Imogen sous les ordres de Christian. Et visiblement ce n'est pas fini.

— Vieux cons, souffle-t-elle en s'éloignant.

Puis elle aperçoit ses amies devant l'estrade du DJ, qui dansent toutes les trois, sautent en rythme, lèvent les bras. Sa mauvaise humeur s'évanouit. Elle les rejoint juste à temps pour reprendre en chœur avec elles le tube d'East 17, *Alright, alright.*

8.

À partir de ce moment, maman s'est détendue de façon flagrante. L'absolution de ses camarades et l'absence de Cassiopée ont agi sur elle comme le meilleur décontractant : elle a repris de l'assurance, a retrouvé son sourire habituel et un débit de parole fluide. Elle a raconté sa chute du mur du cimetière, notre fuite à travers le pré, et elles ont ri toutes les trois. Dalia et maman ont déploré la disparition du trou dans le mur, qui était si pratique pour aller fumer ou embrasser des garçons en cachette à la nuit tombée. Puis elles m'ont regardée, se sont regardées, Bénédicte a rappelé qu'elle n'avait jamais commis aucun de ces méfaits et maman a décrété que la mairie avait sans doute eu raison de reboucher. Il faisait toujours très chaud dans la salle du café, elles ont commandé de nouvelles boissons fraîches, que la serveuse est venue déposer en pestant contre le ventilo qui avait cessé de tourner. Je suis partie aux toilettes, à mon retour elles avaient vidé leurs verres et décidé d'aller se baigner.

— Où ça ? ai-je demandé en me dépêchant d'avaler mon jus d'ananas.

— Dans la Louye ! s'est exclamée maman.

Son enthousiasme était beau à voir, et ce soulagement qui irradiait tout son visage faisait du bien.

— T'as remarqué ? lui ai-je glissé tandis qu'elle se dirigeait vers le comptoir pour régler nos consommations. Tu as croisé tes copines et tu n'es pas morte.

Elle m'a fait son petit sourire de « oui oui, il n'est pas impossible que tu aies eu raison ».

— C'est dingue, pas vrai ? ai-je insisté. Et maintenant vous vous marrez, personne n'essaie de te trucider… Comme s'il était possible d'arranger les choses. Incroyable.

— Ça va, a-t-elle gloussé. Arrête ton charre, merveilleuse, sage et visionnaire enfant. Dalia a proposé de nous prêter des maillots. Tu en veux un ?

Nous sommes parties devant avec Bénédicte pendant que Dalia faisait un crochet par chez elle pour chercher maillots et serviettes de bain. Elle vivait désormais avec son conjoint juste derrière la mairie. Pour rejoindre la Louye, nous avons emprunté la route qui passait devant l'ancienne maison de maman. J'ai mal vu l'allée qui y menait – elle était à moitié cachée par une tracto-pelle – mais j'ai pu distinguer un long chemin envahi d'herbes hautes, et à son extrémité un portail couvert de lierre. Maman, elle, regardait de l'autre côté, mais c'était tout de même un sacré progrès. Je l'ai félicitée, elle a reconnu que c'était moins pire que ce à quoi elle s'attendait. Je lui ai vanté les vertus de l'exposition, elle a dit que je radotais, puis j'ai demandé si elle pensait être prête à approcher davantage dans la soirée, mais elle a décidé qu'elle avait eu assez d'émotions pour la journée.

Notre passage au bord de la Louye fut instructif puisque j'appris coup sur coup que les cailloux au fond des ruisseaux peuvent être glissants, que les rives vaseuses ne le sont pas moins, que tomber sur un poisson est possible et que s'accrocher à des orties pour se relever est une mauvaise idée.

Forte de ces découvertes, et tout à fait rafraîchie par ma chute, je choisis de retourner là où j'avais laissé ma dignité : sur la berge. Je me dépêchai de retirer le maillot de bain mouillé pour renfiler short et débardeur et m'allongeai sur la grande fouta prêtée par Dalia. J'ai fermé les yeux. On n'était pas mal, à l'ombre des grands arbres, avec le chant de l'eau à proximité. Maman et ses copines papotaient les fesses dans le ruisseau et je me suis demandé à quoi ça ressemblait de grandir ici. Les après-midi à la Louye, les trajets à pied le long des champs, les balades et les pique-niques en forêt. Vivre au milieu de rien, à vingt kilomètres du lycée, du ciné, de la ville et de ses possibilités.

J'écoutais le chant des oiseaux, le vent dans les feuilles, et je pensais à notre appartement parisien, chambres côté cour avec deux mille vis-à-vis, séjour côté rue avec vue sur le sommet des platanes et d'autres immeubles haussmanniens. Au square rikiki où maman m'emmenait prendre le goûter et faire de la balançoire. À la faune locale – pigeons, moineaux et rats – et aux petits chiens en manteau qui nous font rigoler. Aux concerts de Klaxon, aux bouchons quotidiens, au boucan incessant, à l'odeur du bitume et des poubelles et du kebab et des gaz d'échappement. C'étaient des vies opposées. Je n'avais jamais pensé à demander à ma mère ce qu'elle préférait.

Puis Dalia, maman et Béné sont sorties de l'eau. La première a attrapé son portable, une serviette, et s'est éloignée pour téléphoner. Les deux autres sont venues s'allonger à côté de moi.

— ... et nous travaillons dans la même entreprise depuis une dizaine d'années, disait alors Bénédicte. Pascal est au développement, moi au marketing.

— Et tu arrives à prendre du temps pour toi ? a demandé maman. Avec trois enfants, ça ne doit pas être facile.

Bénédicte a eu un petit rire puis a répondu :

— J'ai dû apprendre à me ménager. Et toi alors ? Tu es photographe ? Pour des magazines ?

— Pour divers supports. Je travaille en free-lance, c'est toujours un peu stressant financièrement mais j'aime la liberté que ça me procure.

— Je savais que tu avais du talent. Dès que tu as commencé, dès la première pellicule. On l'avait toutes vu.

— Du talent je ne sais pas, mais j'ai persévéré, je me suis formée... J'ai eu de la chance, aussi. J'ai fait de belles rencontres, des personnes qui m'ont mis le pied à l'étrier et...

— Je t'ai cherchée, l'a coupée Béné. Sur Internet, régulièrement, je googlais ton nom pour voir ce qui sortait. J'étais certaine que tu ferais quelque chose dans la photo. Mais jamais rien n'est apparu.

— J'ai changé de nom, a expliqué maman. Quand je me suis mariée avec le père de Chloé, Tomas. Le mariage n'a pas duré mais j'ai gardé le patronyme. Pour m'appeler comme ma fille, d'une part. Mais aussi parce que je ne voulais plus porter le nom de mon père. C'était une façon supplémentaire de laisser le passé derrière moi.

— Je comprends, a soufflé Bénédicte.

— Avec le recul, je ne suis pas sûre de mon choix, toutefois. J'ai laissé le nom d'un homme pour prendre celui d'un autre homme. J'aurais pu opter pour celui de ma *mum*, j'y avais pensé. Mais alors ç'aurait été celui de son père à elle alors qu'il l'avait plus ou moins reniée. Ce n'était pas satisfaisant non plus. Peut-être que j'aurais dû m'inventer un pseudo… Et je trouve ça d'une grande injustice, dans le fond. Quel nom nous appartient ? Qu'est-ce qu'on garde, qu'est-ce qu'on transmet ?

Le silence s'est fait, un temps, sous les grands arbres au bord de l'eau. Puis maman a ajouté pensivement :

— Je trouve ça terrible, moi. Mais je me souviens qu'à l'époque, quand je me suis mariée, ça m'avait juste soulagée. Je me sentais toute neuve et toute propre. Car enfin, je ne portais plus le nom du meurtrier de ma mère.

Juillet 1996

— Ça, les filles, ça, c'est la vie.

Cassiopée s'accoude au balcon de la chambre. Le vent de l'océan joue avec les pans de son peignoir, elle en resserre la ceinture. L'éponge immaculée est moelleuse contre sa peau.

Elle répète :

— Ça, les filles. C'est ça que je veux, plus tard.

Dalia la rejoint, en maillot de bain.

— C'est tellement beau, approuve-t-elle. Voir la mer, le ciel à l'infini...

— Pas la mer, rectifie Cassiopée. Et le ciel je m'en cogne, on peut le voir partout. Non, ce que j'aime c'est l'hôtel. Les tapis, les oreillers, les serviettes... l'épaisseur des serviettes, Dalia ! La douceur des serviettes ! Et les gens qui portent tes bagages. Ceux qui te servent le petit déjeuner...

— Tu aimes le luxe, quoi, résume Alice en se glissant à côté de ses amies.

— J'aime le luxe. Putain t'as raison, j'aime le luxe.

— Langage, Cass ! crie Bénédicte, qui vernit les ongles de ses pieds à l'intérieur de la chambre. On avait dit que tu ferais gaffe aux gros mots pendant le séjour.

— Les parents d'Alice ne sont même pas là ! proteste Cassiopée.

— Ils sont tellement généreux de nous inviter, soupire Dalia en admirant la piscine qui miroite à leurs pieds, quelques étages plus bas. Je me sens tellement privilégiée.

Cassiopée rentre dans la chambre, fait une pirouette et se laisse tomber sur le dos sur l'immense lit *king size*, bras et jambes écartés.

— Quand je pense que toutes vos vacances ressemblent à ça, Béné et Alice, j'ai un peu envie de vous détester.

Bénédicte et Alice n'essaient pas de se défendre. Même si tous leurs séjours n'ont pas lieu dans des palaces, ils sont toujours plus fastueux que les semaines de Dalia dans sa famille en Algérie, ou que les escapades en camion/tente de Cassiopée avec ses parents.

— Je vous annonce officiellement, reprend Cassiopée en roulant sur le ventre et plantant ses coudes dans la couette, que j'ai décidé ce que je voulais pour mon avenir. Ça se résume en deux mots : du pognon. Comme ça j'aurai des serviettes et des draps comme ici, mais chez moi. Et plus jamais de papier-toilette premier prix tout rêche. Il me faut du pognon, les filles. Un bon job, du pognon, et me barrer.

— Te barrer d'où ? demande Bénédicte en agitant les orteils pour que son vernis sèche.

— De chez mes parents. Du trou paumé qui nous sert de village.

— Moi, lance Alice depuis le balcon, je veux voyager. Je veux aller à Hollywood, à Katmandou, à Oudagou… Ouadagou…

— Ouagadougou, l'aide Dalia.

— Voilà, et aussi à Sydney et Tahiti… partout. Et partout je rencontrerai des mecs, j'aurai des tas d'amants… Et quand j'aurai rencontré le bon, je le ramènerai à Saubanoos avec moi.

— Tout le contraire de Béné, dit Cassiopée, hilare. Béné, elle refuse de tester la marchandise avant d'acheter.

— Ce que je veux, moi, énonce distinctement Bénédicte, c'est rencontrer un homme qui partage mes valeurs…

— Et ta virginité…, souffle Cassiopée.

— … et qui souhaitera comme moi bâtir un foyer. Je veux de la confiance, de l'honnêteté…

— Et plein de bébés ! ajoute Dalia en lui souriant.

— Construire une famille, approuve Bénédicte.

— Moi…, commence Dalia en reportant son regard sur la piscine et l'océan, tout ce que vous avez dit me va. L'argent, les voyages, les amants, l'amour, le mariage, les enfants… Un métier qui me plaît, ce serait chouette aussi. Progresser à la guitare. Continuer à chanter… Mais dans le fond ce que je souhaite vraiment, c'est d'être heureuse. Peu importe comment.

Le premier coussin l'atteint au dos. Elle rattrape le second, toujours lancé par Cassiopée, juste avant qu'il ne passe par-dessus le balcon.

— Ça suffit, Cass ! gronde Bénédicte.

— Elle m'énerve, à être aussi raisonnable et parfaite ! dit Cassiopée en riant tandis qu'Alice la chatouille pour lui faire lâcher les oreillers.

Dalia rentre dans la pièce, remet les coussins en place, les tapote… puis se jette sur son amie.

— Aïe ! proteste Cassiopée.

— Je sais ce qu'il faut faire pour toutes nous contenter, annonce Alice, qui s'est écartée juste à temps. Monter un groupe, avoir du succès, voyager partout, rencontrer des tas de mecs, engranger un max de blé. On chanterait un truc comme… « Je vais te dire ce que je veux, ce que je veux vraiment vraiment. »

— Bien sûr, s'esclaffe Dalia, et le refrain fera : « Si tu veux être mon amoureux, tu dois t'entendre avec mes copines. »

— C'est débile, comme paroles, fait Bénédicte.

— Et en anglais ? propose Alice. *Wannabe*…

Une heure plus tard, et après avoir chanté à tue-tête le hit des Spice Girls à plusieurs reprises dans leur suite, les filles ont rejoint Imogen et Christian au bord de la piscine. Dalia et Cassiopée barbotent, Alice somnole sur un transat à côté de ses parents, qui lisent à l'ombre d'un parasol. Bénédicte s'enduit d'écran solaire et observe le couple à la dérobée. Imogen porte un bikini très échancré. Dès qu'elle se lève, les regards s'accrochent à son corps élancé et pâle. Ses longs cheveux balaient son dos, ses hanches étroites se balancent, ses jambes fines se croisent avec grâce. *A-t-elle défilé, quand elle était mannequin ?* se demande Bénédicte. Le corps de Christian, en comparaison, est sombre et compact. Sa chemise de lin s'ouvre sur un torse bien dessiné. Son short de bain dévoile des jambes velues et musclées. Lui aussi fait tourner les têtes lorsqu'il déambule, et lorsqu'ils se déplacent à deux, amoureusement enlacés, leurs atouts se mettent mutuellement en valeur. *Le couple idéal*, songe Bénédicte. *En apparence.*

La veille, sur la plage, elle a surpris une altercation. Les filles étaient parties manger une glace, Bénédicte était restée sur le sable avec un magazine. Christian nageait alors dans les vagues, Imogen le suivait sur le rivage. Entre deux articles de *Paris Match*, Bénédicte avait d'abord vu un homme chauve et bedonnant aborder Imogen. Ils avaient discuté un moment, ce qui l'avait surprise. Que pouvaient-ils bien se dire ? Pourquoi Imogen riait-elle tant ? Puis Christian était sorti de l'eau, avait rejoint le duo. Bénédicte était retournée à son papier sur la princesse Diana, « libre, riche et malheureuse ». L'instant d'après Imogen avait disparu mais l'ambiance s'était tendue entre Christian et l'inconnu. Des éclats de voix parvenaient à Bénédicte, portés par le souffle océanique. Quand l'homme chauve s'était éloigné, Christian avait rejoint Bénédicte et s'était laissé tomber sur sa serviette de plage, l'air abattu. Elle avait attendu, muette, ne sachant pas s'il était convenable de le questionner. « C'est difficile, avait-il fini par souffler. Quand on est fou amoureux d'une femme aussi belle. »

— Cet homme…, avait balbutié Bénédicte.

— Elle en joue, tu sais, avait murmuré Christian. Ce pauvre type. Elle l'a laissé croire qu'il pourrait l'inviter, lui offrir un verre… Ça l'amuse, elle, de jouer avec les sentiments des autres. Et moi… ça me brise, chaque fois.

Bénédicte s'enduit les bras d'écran total et songe aux apparences trompeuses. La douce Imogen, charmante et maladroite, si tête en l'air, presque ingénue…

se montrant frivole et cruelle. Et Christian, fort et décidé, révélant sa sensibilité, débordant de sentiments que sa femme se plaît à piétiner. *Mes parents l'avaient dit*, se rappelle Bénédicte. *Le monde du mannequinat est malsain.* La jeune fille termine d'étaler la crème solaire sur ses épaules. Sur les transats, le couple semble serein. *Il lui a déjà pardonné. Il lui pardonne toujours, de toute façon. Il l'aime trop, le pauvre.*

— T'as fini de te tartiner? appelle Cassiopée depuis le bord de la piscine. Les UV n'ont aucune chance de t'atteindre, là, c'est bon!

— J'arrive, crie Bénédicte en refermant le tube de crème.

Imogen la regarde se lever, lui adresse son habituel sourire bienveillant et chaleureux. L'adolescente se force à y répondre puis fonce vers le bassin. Pauvre Christian. Il a fait promettre à Bénédicte de ne pas parler à ses amies de l'incident. Elle ne trahira pas son serment. Elle se sent plus adulte, plus mûre, grandie et distinguée par ces confidences. *L'honnêteté*, songe-t-elle en se laissant glisser dans la piscine, *doit être la base du couple.* Puis Cassiopée l'éclabousse et ses préoccupations se diluent dans l'eau limpide et chlorée.

9.

— Et Chloé…, a commencé Bénédicte à voix basse. Elle sait pour… ce qui s'est passé ?

Je me suis efforcée de ne pas bouger, de garder les yeux clos et le visage impassible pour les laisser libres de s'exprimer. Après un silence, maman a confirmé :

— Elle est au courant. Je lui en ai parlé assez tôt, à vrai dire. Sans entrer dans les détails, bien sûr, au début, mais j'avais besoin qu'elle comprenne que, parfois, je réagis bizarrement et qu'il y a une raison à ça. Quelque chose… s'est cassé en moi, je pense, avec le drame. Quand on voit son père tuer sa mère, puis se suicider…

J'ai entendu des frôlements du côté de maman. J'ai supposé que Bénédicte s'était rapprochée d'elle mais je me suis bien gardée de vérifier.

— Je ne l'avais pas réalisé, tant que je voyageais sans arrêt, poursuivait maman. Ou je n'avais pas voulu y prêter attention. Mais en tombant enceinte de Chloé, en envisageant une vie à deux avec son père… J'avais envie que ça fonctionne, pourtant. Et quand on s'est mariés, j'étais déterminée à faire tous les efforts nécessaires. Tomas est un homme génial, qui s'est révélé un père tout aussi génial... J'y croyais et j'ai essayé, vraiment. J'étais prête à m'établir au Portugal... c'est là qu'il vivait et qu'on s'était rencontrés... J'avais trouvé un travail, j'apprenais la langue. Mais notre couple n'a pas tenu. Et depuis j'ai dû admettre que les relations amoureuses, globalement... je ne sais pas faire. Aucune de mes histoires ne dure, je les fais toutes capoter. Je crois que j'ai peur, au fond de moi. Peur que n'importe quel homme soit capable de ce qu'a fait mon père.

— Tu as été suivie pour ça? Tu as pu en parler à un professionnel?

Là, je n'ai pas pu m'empêcher de sourire. Depuis que j'ai surmonté ma phobie scolaire, j'ai suggéré mille fois à maman d'aller voir un psy. Parce que j'avais vu à quel point ça pouvait être efficace, parce que je savais que ma mère se traînait d'énormes casseroles liées à son passé. Elle m'a toujours répondu cette phrase absurde, affolante de mauvaise foi, qu'elle ressortait justement à Béné:

— J'ai essayé, mais ça n'a rien donné.

Une séance avec un psy. Voilà ce que maman avait tenté avant d'abandonner. Une seule séance, et, comme elle avait ensuite pleuré et fait des cauchemars pendant une semaine, elle avait décrété qu'elle préférait sa méthode habituelle à savoir: tout laisser sous le tapis et ne pas y penser. Exactement comme avec la maison de ses parents. « Et puis je vais bien, se défendait-elle souvent. Je travaille, je ris, je profite. Je me suis construit une belle vie. » Et sans surprise, c'est ce qu'elle expliquait à présent à Bénédicte:

— ... mais ça ne m'empêche pas d'être heureuse au quotidien. J'ai la chance d'exercer un boulot qui me passionne. J'adore mon appart, j'ai un chouette cercle d'amis. Et j'ai ma fille. Chloé c'est… mon soleil !

Voilà. On en arrivait toujours à moi. Selon maman, ce n'était pas grave de garder une maison inoccupée pendant vingt ans, pas grave de continuer à en payer les taxes même si ça la mettait à découvert, pas grave de faire une crise d'angoisse rien qu'en imaginant y entrer. Rien de tout ça n'était important puisqu'elle m'avait, moi. J'étais son centre, elle le mien. C'était la pure vérité, et c'était rare, et beau. Mais ce que maman ne voyait pas, c'est que c'est lourd, parfois, d'être le centre de quelqu'un. C'est pour ça que j'avais décidé de la « thérapiser ». Pour elle, bien sûr, pour qu'elle aille mieux, qu'elle règle ses vieux problèmes et avance plus sereinement. Mais aussi pour moi. Quand on est le soleil d'une personne, on n'a pas le droit de s'en éloigner. Sinon elle s'étiole, elle fane, elle dépérit. Or, comme ma mère l'avait si bien exprimé, j'avais un père génial. Ainsi qu'une famille au Portugal que je ne voyais quasiment jamais. Le soleil avait envie d'aller briller plus loin. J'avais besoin de liberté.

Dalia est revenue après un petit moment et a annoncé que c'était confirmé, son groupe jouerait le soir même à Serres-Navailles.

— Ton groupe ? s'est exclamée maman en se redressant. Ça veut dire que tu chantes toujours ?

J'ai ouvert un œil, me suis étirée, ai roulé sur le côté, bref j'ai mimé le réveil avec un talent phénoménal. Dalia s'était assise à côté de Béné et tirait sur sa serviette pour couvrir sa poitrine.

— Je chante, je joue de la guitare…, a-t-elle souri. On est avant tout une bande de potes qui s'amusent, mais on tourne pas mal dans la région.

— Ne sois pas modeste ! a intimé Bénédicte. Vous êtes incontournables, dans le coin.

Dalia a hoché la tête. Elle tirait à présent sur le bas de la serviette pour en ramener un pan sous ses fesses.

— Je trouve ça génial, s'est extasiée maman. C'était ton rêve et tu l'as réalisé. Tu vis de la musique !

— C'est vrai, a gloussé Dalia. Je vis de la musique. Mais avant tout parce que je l'enseigne au collège. Les concerts c'est davantage… un hobby. Un à-côté. Nous nous produisons dans des bars, ou des fêtes de village comme ce soir. Mais vu nos cachets, ce n'est pas ce qui va nous faire manger.

— C'est génial quand même, a soufflé maman. Il y avait tellement de force qui se dégageait de toi, quand tu chantais… Tellement de grâce. Tu me collais des frissons, chaque fois.

Elle s'est tournée vers moi et a ajouté :

— Dalia était notre *juke-box*. On pouvait lui demander n'importe quelle chanson, elle la connaissait. Elle a une culture musicale prodigieuse, et une voix…

— J'ai passé un autre coup de fil, l'a interrompue Dalia. Quand je me suis éloignée, j'ai d'abord appelé mon bassiste pour le concert de ce soir, et ensuite… j'ai appelé Cassiopée.

Le sourire de maman s'est figé, elle a automatiquement porté un ongle à sa bouche.

— Je voulais lui dire que tu étais là, a poursuivi Dalia. Même si elle est loin, j'espérais qu'elle pourrait venir pour la soirée. Je pensais vous inviter au concert, elle aurait pu nous rejoindre après…

— Et tu l'as eue ? a demandé avidement Bénédicte. Qu'a-t-elle dit ?

De nouveau, maman faisait de l'apnée. Elle était en bonne voie pour battre son record.

— Elle a répondu, a opiné Dalia. Elle était en consultation mais elle a décroché. Et elle m'a envoyée paître.

Soulagement immédiat de ma mère, qui a recommencé à respirer.

— Je suis désolée, Alice, s'est excusée Dalia. J'ai essayé, j'espérais vraiment qu'on serait toutes réunies mais elle m'a dit… enfin elle n'était pas très aimable envers toi. Même un appel visio ça n'était pas… pas envisageable pour elle.

— Il fallait s'y attendre, a estimé Bénédicte.

— Bien sûr, mais je me disais… qu'en lui expliquant, en la prenant de la bonne façon… Tu sais comment elle est. Elle râle beaucoup, mais elle n'est pas totalement butée.

Bénédicte a fait la moue. Maman, aussi hypocrite que soulagée, a lâché :

— C'est dommage. Mais c'est gentil à toi d'avoir essayé.

Octobre 1996

Dalia, Cassiopée, Bénédicte et Alice, alignées devant le portail de la maison de cette dernière, regardent le taxi s'éloigner.

— Eh bé, fait Cassiopée. Ta mère et les horaires, c'est quelque chose...

— Elle a loupé ses deux derniers rendez-vous, soupire Alice en grignotant l'ongle de son pouce. Là... je ne sais pas si elle arrivera à temps.

— Chaque fois c'est comme ça ? demande Dalia. Elle se trompe d'heure ?

— D'heure, de jour, de lieu. Elle note mal, ou carrément elle perd le papier.

Le taxi tourne au bout de l'allée et disparaît, les quatre jeunes filles retournent dans la maison.

— Pour un rendez-vous professionnel..., commence Bénédicte.

— Elle est fringuée n'importe comment, confirme Alice. Mais elle était déjà tellement à la bourre, et c'était un miracle qu'on nous envoie un taxi aussi vite... on n'allait pas attendre qu'elle se change.

— Ta mère est toujours élégante, affirme Dalia d'un ton réconfortant. C'est naturel chez elle, même en jean et baskets.

— Elle me désespère, souffle Alice en se dirigeant vers la cuisine. Elle se plaint de ne pas avoir de boulot mais dès qu'elle a une opportunité, elle la plante. Papa dit que ce n'est pas sa faute, qu'elle a besoin d'aide pour s'organiser...

— Il est gentil, ton père, glisse Dalia. Il fait de son mieux pour la soutenir.

— Je serais lui, grommelle Alice, j'en aurais marre de payer des taxis pour rien.

— Il n'était pas question qu'elle recommence à conduire ? demande Cassiopée en s'asseyant sur un des hauts tabourets du bar.

Alice hausse les épaules et ouvre le frigo.

— Évidemment, elle est partie sans rien nous laisser à manger.

Bénédicte vient inspecter le réfrigérateur à son tour. Elle attrape une boîte d'œufs, pioche dans le bac à légumes quelques champignons de Paris, une batavia, trois tomates et un poivron.

— Je vais faire une omelette, annonce-t-elle. Et en accompagnement, une salade. Quelqu'un peut la laver ?

Cassiopée croise les bras et demande :

— Y aurait pas des steaks, plutôt ? Ou même du poulet ? Parce que moi, depuis que mes vieux mangent macrobio, je suis en manque de protéines.

— Les œufs sont une excellente source de protéines, énonce doctement Bénédicte.

— Un peu de saucisson, au moins ?

Bénédicte ouvre les placards à la recherche d'un bol, d'une poêle, du grand saladier. Elle doit reconnaître que la cuisine d'Imogen est parfaitement ordonnée : tout est facile à trouver, son système de rangement est aussi logique qu'harmonieux. *Comme quoi, dans certains domaines, elle est capable de s'organiser*, songe l'adolescente. Le lave-vaisselle est vidé, aucune assiette sale ne traîne dans l'évier. Même les tasses du petit déjeuner ont été lavées et rangées. Et à bien y réfléchir, Bénédicte a souvent vu la mère d'Alice cuisiner, et jamais Imogen n'a loupé une recette ou laissé brûler un plat. Elle ne perd pas non plus ses ustensiles, contrairement aux clés, papiers, lunettes, chéquier, agenda... *Incompréhensible*, pense Bénédicte en battant les œufs.

— Et dans le congélateur ? tente Cassiopée. Peut-être qu'Imogen a congelé de ses lasagnes ? ou de son sauté de bœuf ? ou... ?

— Omelette-salade, répète Bénédicte. Tu devrais regarder comment je fais, parce que pour le moment, en cuisine, tu es d'une nullité absolue.

— Et alors ? rétorque Cassiopée, du défi dans la voix.

— Alors une femme doit connaître un minimum de choses pour...

— Pour contenter son époux ? Pour être une gentille petite femme au foyer ?

Bénédicte pose sur le marbre du plan de travail le champignon qu'elle s'apprêtait à émincer. Dalia et Alice échangent un regard entendu. Depuis la rentrée, les accrochages sont fréquents entre Cass et Béné.

— Pour se nourrir, rétorque calmement cette dernière.

— Je peux très bien me nourrir de conserves et de surgelés.

Toutes savent que cette remarque fait référence à Aziza, la mère de Dalia, pour qui préparer un repas revient à verser des aliments tout prêts dans un plat et à les insérer, au choix, dans le micro-ondes ou le four. Dalia secoue la tête.

— Compte pas sur moi pour t'épauler là-dessus, Cass. Je suis trop contente que tes parents m'apprennent à cuisiner.

Cassiopée se tourne vers Alice, qui pioche distraitement des grains de raisin dans le compotier.

— Et toi ? Tu t'en fous de savoir cuisiner, non ?

— Moi… Ma *mum* est toujours là, alors c'est elle qui fait… Mais si je pense à plus tard, je crois que je voudrais être capable de nourrir ma famille. La nourrir bien, je veux dire.

Cassiopée pousse un soupir excédé. Bénédicte reprend son champignon et lance :

— En plus tu adores manger. Tu salivais déjà en pensant aux lasagnes d'Imogen. Pour une grande féministe comme toi, qui parles tout le temps d'indépendance, j'aurais cru que ce serait important d'être autonome au fourneau. Mais j'imagine que tu préfères que d'autres femmes travaillent pour toi.

Un silence sidéré s'installe dans la cuisine, où on n'entend plus que le ronronnement de l'énorme frigo américain et le « chop-chop » du couteau sur la planche à découper. Jamais Bénédicte ne s'est permis une attaque si frontale. Dalia et Alice attendent l'inévitable explosion de Cassiopée. Les mots « asservissement », « bobonne »,

« résistance » devraient fuser. À la place, les filles voient leur amie se lever, puis attraper une tomate.

— Comment tu veux que je coupe ce truc ? demande-t-elle sèchement à Bénédicte.

— En quartiers. Mais tu la laves d'abord, répond Bénédicte qui a le bon goût de ne pas triompher.

Cassiopée s'exécute sous les regards effarés d'Alice et Dalia.

— Je mets le couvert, finit par dire la première.

— Je m'occupe de la salade, ajoute la seconde.

— Putain, on se croirait chez la famille Ingalls, peste Cassiopée.

— T'en fais pas, affirme Dalia en souriant. Si Charles débarque, on le jette dehors.

De l'avis de toutes, l'omelette fut excellente et les tomates très bien découpées. Cassiopée admit que connaître deux ou trois recettes lui serait certainement utile durant ses futures études, qu'elle espérait longues et lointaines, et que trancher des légumes était un bon entraînement si elle souhaitait devenir chirurgienne. Elle jura toutefois que dès qu'elle aurait « suffisamment de pognon » elle embaucherait un homme à tout faire, dont la cuisine. Et s'il ressemblait au Toni Micelli de *Madame est servie*, elle voulait bien aussi qu'il lui masse les pieds après ses journées passées au bloc à sauver des vies.

10.

— Mais on ne va pas se laisser abattre, a finalement décrété Dalia. Cass ou pas, je serais très heureuse que vous veniez au concert. Si vous êtes disponibles ce soir, évidemment. On pourra grignoter un bout avant le show…

— … et boire un verre ensuite, a achevé Bénédicte. Excellente idée.

— C'est-à-dire…, a commencé maman, gênée. On n'avait pas prévu ça, et je ne sais pas si Chloé…

— J'ai trop envie de voir Dalia chanter, ai-je aussitôt affirmé.

— Et notre hôtel ? On n'a pas fait le *check-in*. Les bagages sont encore à la consigne de la gare. S'il faut en plus trouver un taxi au milieu de la nuit…

Les filles ont balayé les protestations à mesure qu'elles émergeaient, promettant qu'elles nous ramèneraient elles-mêmes à l'hôtel s'il le fallait. Alors maman a hoché la tête et ses amies ont poussé de petits cris de joie. Elles ont commencé à rassembler leurs affaires, et chacune s'est contorsionnée pour s'extraire de son maillot humide et se rhabiller.

— Et toi, Béné ? a interrogé maman en se séchant les pieds. Tu peux laisser ta famille comme ça ? Ton mari ne va pas râler si tu le préviens à la dernière minute ?

Bénédicte se débattait avec la bretelle de son soutien-gorge, mais a quand même bombé la poitrine pour assurer :

— Pascal s'en sort très bien sans moi. De toute façon je dois les laisser se débrouiller. Au moins un soir par semaine, ordre du médecin.

— Ordre de Cass, a pouffé Dalia.

— Tu *dois* les laisser ? a vérifié maman.

Bénédicte a pris le temps de renfiler sa robe, de remonter la glissière, avant d'expliquer :

— Pendant dix ans j'ai couru dans tous les sens. Je voulais réussir partout : au boulot, à la maison, dans mon couple, avec les enfants. Je pensais qu'il suffisait de m'organiser. Quand je rentrais du travail, après des journées déjà bien denses, j'enchaînais avec les devoirs, les activités des uns et des autres, le bain, la préparation des repas, le dîner. Il fallait aussi ranger et nettoyer la maison, laver-sécher-repasser le linge… Je ne t'apprends rien, tu connais. Quand tout ça était terminé je m'effondrais de fatigue, mais pas sans m'être démaquillée parce que sinon la peau ne respire pas pendant la nuit. Le matin j'allais faire mes quatre kilomètres de footing avant de réveiller les enfants parce qu'il faut rester ferme, tonique, que je voulais être belle pour mon mari. Mon mari qui, de son côté, se posait moins de questions, s'épanouissait dans notre entreprise et grimpait les échelons. Il ne comptait pas ses heures. Il pouvait se le permettre puisque j'assurais tout ce qui avait trait aux enfants. Mais le week-end, il les emmenait au ski, donc il était un père formidable tandis que moi, qui avais demandé un 80 % pour que nos mômes ne passent par leur vie à la garderie, j'étais cataloguée tire-au-flanc. J'ai encaissé. J'ai optimisé. Je me suis exténuée à essayer de compenser une injustice que je ne songeais même pas à remettre en question. J'avais souhaité la carrière, et les enfants, et la maison, il fallait que j'arrive à combiner le tout, coûte que coûte. J'ai fini en *burn out*.

— *Oh fuck*, a fait maman.

— Comme tu dis. Mais Cass m'a aidée, et avec un traitement et pas mal de changements, j'ai repris pied. Il a fallu ajuster les choses avec Pascal, rééquilibrer nos tâches à la maison. J'ai aussi dû apprendre à lâcher sur certains sujets. C'est une lutte pour moi, vu mon tempérament. Mais on s'en sort.

Maman a posé une main sur l'épaule de Bénédicte, doucement. C'était un geste tendre, naturel, qu'elles avaient peut-être répété mille fois autrefois. Qu'elles le retrouvent après tout ce temps m'a procuré une énorme bouffée de satisfaction.

La suite de la soirée nous a menées – après un nouveau détour par chez Dalia, et grâce au monospace de Bénédicte – dans le riant village de Serres-Navailles, où une scène avait été montée dans un grand pré et où buvettes, pêches au canard et stands de merguez s'éparpillaient ici et là, à l'ombre d'un arbre ou contre une meule de foin. Ça ressemblait tout à la fois à une kermesse, à une fête foraine et à un spectacle de fin d'année. Quand nous sommes arrivées, un groupe de fillettes en tutu descendait de la scène. Un jongleur les a remplacées, puis un trio de *beatboxers*, puis une dizaine de danseurs et danseuses folkloriques. L'ambiance était joyeuse et désordonnée, chaque prestation saluée par des applaudissements fournis.

Nous nous sommes attablées avec des chipirons grillés, des Ecocup de bière et d'Euskola. Un DJ a pris le relais sur scène, j'ai laissé la douceur de ce soir d'été me porter tandis que les trois femmes à mes côtés continuaient, avec un plaisir et un entrain croissants, à se raconter leur vie.

Quand Dalia et son groupe sont descendus de scène, deux heures plus tard, sous les ovations et les hourras, le soleil avait déjà disparu mais j'ai bien vu que maman pleurait.

— C'était dingue ! a-t-elle sangloté quand sa camarade nous a rejointes. Dinguissime ! Tu es une star, Dalia ! Tu m'as collé des frissons, tu as tout déchiré, c'était... trop bien !

Dalia a souri, les joues rouges et le front humide de sa prestation. Elle avait enfilé pour le spectacle une longue robe noire qui découvrait ses épaules et ses bras. Avec sa crinière de boucles légères et son regard sombre, sa voix rauque et puissante, elle avait tout de suite captivé l'auditoire. Ensuite elle l'avait fait chanter, sur des refrains de Téléphone ou de Cali, l'avait fait danser avec Donna Summer et les White Stripes, l'avait époustouflé avec Aretha Franklin ou Janis Joplin. Rapidement, Bénédicte, maman et moi avions rejoint la foule d'enfants, parents, aïeux ou ados qui s'ébattait au pied de l'estrade. Nous avions sauté avec eux, hurlé avec eux, meurtri nos mains à force de les claquer. C'était génial.

— J'ai tout aimé ! continuait maman. Et ta présence, ton énergie... C'était fou !

— Merci, a fait Dalia en relevant ses cheveux pour dégager sa nuque. Je me suis bien amusée ! On va boire quelque chose ? Je suis complètement déshydratée.

— Qu'est-ce que tu veux ? a aussitôt demandé Béné.

— Punaise, s'est pâmée maman. J'ai l'impression de passer la soirée avec Beyoncé.

Février 1997

Alice pénètre dans sa maison, retire son manteau, son bonnet, son écharpe et ses gants. Le trajet est court entre la Maison pour tous, où a lieu son cours de danse modern jazz, et chez elle, mais le vent l'a frigorifiée. Elle se colle au radiateur de l'entrée qui est à peine tiède. « Chaque hiver, c'est pareil », peste-t-elle à voix basse. Elle retire ses baskets et gagne le salon, où elle constate sans surprise que le thermostat est déjà poussé à fond. « Chauffage pourri », grogne-t-elle en enlevant l'une après l'autre ses jambières de laine et en les abandonnant sur le canapé. Dans la cuisine le four est allumé, un hachis Parmentier y grésille gentiment. Alice tend ses mains vers la vitre de l'appareil et savoure la chaleur. Dehors il fait nuit noire mais le ciel est dégagé et elle devine, au loin, les cimes enneigées des Pyrénées. *Plus que trois jours avant le ski*, songe-t-elle avec soulagement. Cette année de terminale lui paraît affreusement longue et difficile. Comme ses notes ont baissé, Bénédicte et Cassiopée la font travailler tous les week-ends. Elle a hâte d'être en vacances, hâte de retrouver les Alpes – son père trouve les stations pyrénéennes « mignonnes mais limitées » –, hâte de glisser sur les pistes sans plus penser aux devoirs surveillés, aux profs, aux révisions, au bac imminent.

Le salon lui semble glacial lorsqu'elle y retourne et elle se dépêche d'attraper ses jambières et de grimper l'escalier. « *Mum ?* » appelle-t-elle en arrivant sur le palier. Imogen ne répond pas, mais la lumière est allumée dans son dressing. De toute façon elle n'est jamais bien loin. Christian, lui, n'est pas encore rentré, sa voiture n'était pas dans l'allée.

La jeune fille gagne sa chambre, vérifie que le robinet du radiateur est ouvert à fond, soupire d'exaspération. « C'est le pôle Nord, cette baraque ! » Elle passe dans sa salle de bains et observe dans le miroir au-dessus de la vasque sa silhouette moulée dans le justaucorps et les collants. Elle est moins élancée que sa mère, avec des hanches plus larges, une taille plus marquée, mais pas plus de poitrine. « Ça peut encore pousser », se rassure-t-elle en se rapprochant pour inspecter un bouton qui prend de l'ampleur sur son menton. *Pas assez mûr*, juge-t-elle. Elle lui appliquera une compresse d'Eau précieuse tout à l'heure. Elle détache et démêle ses cheveux, se déshabille hâtivement et s'engouffre dans la cabine de douche. Lorsqu'elle actionne le mitigeur, un « clang-clang » de mauvais augure résonne derrière le carrelage. « Pas encore… Pitié… », implore-t-elle en regardant le misérable filet d'eau qui s'échappe du pommeau.

Alice sort de la douche, enfile son peignoir et le noue furieusement. Deux fois déjà le plombier est venu réparer cette portion de tuyauterie. « Faudrait tout reprendre, avait-il expliqué, casser, démonter, et tout refaire au propre. » Mais Christian n'avait pas été convaincu et le plombier avait rafistolé ce qu'il pouvait. « Merci papa », fulmine Alice en saisissant son Tahiti douche et son Fructis. Elle n'a aucune envie de voir le plombier envahir de nouveau son espace. Il va débarquer avec ses grosses godasses, sa salopette crasseuse, sa tonne d'outils. Il amènera un apprenti acnéique et maladroit qui ne fera rien d'autre que regarder bêtement autour de lui. « Ça, elle est chouette, notre maison. Elle est chic, on a la plus belle vue de tout le quartier. Mais sous la surface, c'est une *fucking* daube ! Un chauffage à la con, même pas d'eau pour se laver ! »

Alice quitte sa chambre d'un pas décidé. Puisqu'elle ne peut pas se doucher, elle va prendre un bain. Un très long bain, très chaud, dans la baignoire de sa mère. Tant pis si elle est en retard pour le dîner. Tant pis si son père râle. La jeune fille traverse la chambre de ses parents et, tout à sa colère, ne remarque pas que la lumière est allumée dans leur salle de bains. Lorsqu'elle pousse la porte, elle ne comprend d'abord pas ce qu'elle voit. Sa mère est assise sur les toilettes, en larmes, un objet blanc à la main.

— *Mum!* s'inquiète-t-elle aussitôt. *Mum*, qu'est-ce qu'il y a ?

Imogen lui montre le bâton de plastique et la croix rose qui s'y affiche. Puis avec un sourire immense annonce :

— Il y a un *baby*, *darling*. Un petit frère ou petit sœur, bientôt pour toi.

Alice lâche shampooing et gel douche. Elle enlace sa mère, qui la serre en retour, et toutes deux sanglotent de joie.

11.

Beyoncé a pris de l'eau, moi un jus de pomme, maman et Béné ont opté pour de la sangria. Je crois que c'est vers la troisième que maman a lancé :

— Je suis heureuse d'être là. Je n'avais pas envie de venir. Pas du tout du tout. Mais ça valait drôlement le déplacement.

— On n'est pas si effrayantes, alors, a souri Béné.

— Vous êtes exactement comme avant. Merveilleuses.

— Et toi non plus, tu n'as pas changé, a fait Dalia en appuyant sa joue contre l'épaule de maman. C'est bon de te retrouver.

La nuit était tombée, le DJ avait repris ses platines, les stands de pêche au canard, de tir à la carabine et de churros faisaient comme des îlots de lumière dans l'obscurité.

— Vous savez quoi ? a demandé maman en lampant le fond de son verre. Toutes ces années, je n'ai jamais pu écouter les Red Hot Chili Peppers sans penser à vous.

— Quel album ? a demandé Dalia.

— Tous. Même ceux qui sont sortis après.

— Moi, a rebondi Béné, je pense à toi chaque fois que j'entends le mot « gourmette ».

Maman a répété « gourmette ? », les sourcils froncés, puis son regard s'est éclairé et elle a gloussé :

— Évidemment ! David Baeckler et sa gourmette en argent, je voulais absolument sortir avec lui pour qu'il me la prête !

— Tu nous as saoulées avec ça…

— Mais il était si beau, David… Avec ses yeux verts, son col de polo relevé… cette mèche qu'il remettait en place sans cesse…

— Il vend des voitures, maintenant. Il est concessionnaire Dacia. Il n'a plus un poil sur le caillou.

Maman a ri de plus belle pendant que Dalia, rêveusement, enchaînait :

— Moi, ce sont les Chamallows grillés. Il n'y a rien qui évoque plus notre adolescence, nos années ensemble, que cette odeur-là. Nos feux de camp du 14 Juillet, avec le vieux magnéto à cassette de Cass, les chips et le saucisson, les tentes qu'on montait à l'arrache… On mangeait, on chantait, on attendait le feu d'artifice et on regardait les étoiles, après…

Elles ont toutes levé les yeux au ciel.

— La casserole ! se sont écriées Dalia et maman au même moment, pointant du doigt la constellation.

— Toujours plus rapides que moi, a rouspété Béné. Je vais chercher à boire.

J'ai accompagné Béné à la buvette puis j'ai déambulé le long des stands, de pommes d'amour en pralines caramélisées, de bandits manchots en machines à pinces. Au manège, j'ai regardé des minots qui donnaient tout pour attraper la queue du Mickey. Puis je suis retournée à la table – l'herbe sèche faisait un bruit délicieux sous mes sandales – et j'ai trouvé ma mère et ses amies en grande discussion.

— Je sais que c'est idiot, disait maman d'un air grave. Mais j'ai beau savoir, rationnellement, que ça n'a rien à voir… ça reste gravé. Pour moi, la perte du collier a déclenché la catastrophe.

— Il faut dire aussi, a lancé Bénédicte, que nous avions une foi absolue dans ce collier. Même Cass, avec son esprit scientifique…

— Nous croyions toutes aux pouvoirs de la cornaline, a enchaîné Dalia. On avait eu trop de preuves de son efficacité.

— Vous parlez de quoi ? ai-je demandé en me rasseyant à côté de Béné.

— D'un pendentif que j'ai égaré. Une cornaline que je tenais de ma *mum*, qui la tenait de sa grand-tante. Selon une légende familiale, la cornaline portait chance, et quand j'étais gamine, je croyais dur comme fer que, quand je l'avais au cou, rien de mauvais ne pouvait m'arriver.

— Nous en étions toutes persuadées, a abondé Bénédicte. Ce n'était même pas sujet à débat. Si on avait besoin d'un coup de pouce pour une interro, quand un garçon nous plaisait… on était bien contentes que tu nous prêtes le collier chanceux. Je l'avais pour mon code. Aux oraux du bac de français, nous l'avons toutes porté à tour de rôle… Il ne nous a jamais déçues.

— Donc c'était un collier… magique, selon vous ? ai-je interrogé.

Elles se sont regardées, à la lueur des stands et des ampoules colorées.

— Évidemment que non, a fait Bénédicte.

— Cass expliquerait, a ajouté Dalia, que le pouvoir du collier reposait uniquement sur la confiance qu'il nous insufflait.

— Et elle aurait sûrement raison, a soupiré maman. Mais même si mon cerveau le comprend, une part de moi persiste à croire que, si je n'avais pas perdu le collier, le drame aurait pu être évité.

Aussitôt Béné et Dalia ont protesté, « n'importe quoi, c'était une coïncidence, évidemment que collier et drame ne sont pas liés ». Maman a hoché la tête avec un pauvre sourire, et j'ai eu mal pour elle de cette culpabilité si ancienne, si tenace, qu'elle n'avait pourtant jamais évoquée devant moi.

— Tu l'as perdu où, ce collier ? ai-je demandé.

— Aucune idée. Je pensais l'avoir déposé sur la commode de ma chambre après la dernière épreuve du bac. Je me suis aperçue qu'il n'y était pas deux semaines plus tard, le 7 juillet. Sur le moment j'étais pressée, je ne l'ai pas cherché. Ensuite… tout est parti en vrille, je n'ai plus remis les pieds dans la maison. J'ignore ce qui a pu se passer.

— Ça veut dire que si on va chez toi, on peut le retrouver ! me suis-je enthousiasmée.

— Je l'avais peut-être perdu ailleurs…, a tempéré maman. J'aurais juré l'avoir déposé sur ma commode mais je l'ai fait tant de fois au fil des ans que j'ai pu me tromper.

— Mais ça vaut le coup de chercher !

— Même s'il était dans la maison…, a commencé Dalia avec un air gêné. Enfin… Elle est restée vide longtemps, la maison et… elle s'est dégradée, d'une part, ce qui pourrait compliquer les recherches et surtout…

pendant un moment des gamins s'amusaient à se faire peur, cap ou pas cap d'aller dans la cour, dans le jardin, à l'intérieur... puis de plus grands sont venus voir s'il n'y avait pas des choses à grappiller... et il y a eu les squatteurs...

— On ne sait pas trop ce qui reste dans la maison, a résumé Béné. Orion et son père ont sécurisé les portes et les fenêtres mais il est probable que tous les objets de valeur avaient déjà été volés.

Maman a accusé le coup, le nez dans son verre de sangria. Je voyais le remords se déployer sur son visage. Quand elle a relevé la tête, elle a convoqué un sourire pour affirmer :

— Ce n'est pas grave. Je ne comptais pas récupérer de meubles, ou même de bibelots de toute façon. Quelques photos me suffiront, si j'en trouve. Vous remercierez Orion et son papa pour moi. C'était inconscient de laisser une maison vide aussi longtemps... J'aurais dû me douter... enfin dites-leur merci, et que je vais m'attaquer au problème.

Elle m'a lancé une œillade décidée avant d'ajouter :

— Dès demain.

Puis le sujet a été évacué. La suite de la soirée s'est tressée entre danse, rires et ciel étoilé. À la quatrième sangria, maman a avoué à ses amies qu'elles lui avaient manqué. À la cinquième, Bénédicte a fait une démonstration de macarena. Dalia – qui ne picolait pas plus que moi – a proposé qu'on dorme toutes chez elle et Béné s'est récriée : « Non ! Pyjama-party chez mes parents ! » Ses acolytes ont trouvé que c'était une excellente idée.

Vers trois heures du matin nous avons donc échoué dans la confortable maison des parents de Béné. Cette dernière a remis à chacune d'entre nous une brosse à dents – « Ils ont encore des stocks de la pharmacie » – et nous a invitées à nous coucher où on voulait – « cinq chambres à l'étage, on ne va pas se marcher sur les pieds ».

— Tu viens ? ai-je demandé à maman, qui s'était effondrée au rez-de-chaussée, sur le canapé du salon.

— Toi viens, a-t-elle murmuré en me faisant signe d'approcher.

Je me suis assise près d'elle, elle a saisi ma main.

— Je suis contente, a-t-elle soufflé. J'ai retrouvé mes copines grâce à toi. Tu es une fille formidable, mon chat.

Elle a répété « formidable » plusieurs fois, ses yeux se fermaient.

— Merci beaucoup, petit chat, a-t-elle ajouté encore plus bas. Tu es ma Chloé. Ma Chloé à moi. Je serai toujours, toujours, toujours fière de toi.

Puis elle s'est mise à ronfler.

13 juin 1997

Alice repousse son classeur d'histoire, son Stabilo et lâche dans un soupir :

— Elle me saoule, la Ve République.

Mais aucune de ses camarades ne réagit. Bénédicte, assise à sa droite à la grande table du salon, compulse ses fiches de géographie puis les récite les yeux fermés. Cassiopée marmonne en face d'elles « Soit une fonction *a* définie dans R... » et griffonne sur un vieux cahier de poésie transformé en brouillon. À plat ventre sur le canapé, Dalia relit un texte de Bergson sur l'art dans son manuel de philo.

— C'est quand, la pause ? demande Alice en recrachant le morceau d'ongle qu'elle vient de rogner.

Elle regarde Bénédicte, autoproclamée Maîtresse du Temps et des Plannings de Révision, mais celle-ci est trop immergée dans les espaces industriels des États-Unis pour l'entendre.

Alice soupire de nouveau, reprend son classeur, tente de lire son cours mais rien n'y fait : le pouvoir législatif ne l'intéresse pas. Elle a déjà oublié la différence entre l'Assemblée et le Sénat.

La jeune fille observe ses amies studieuses, concentrées. Son salon envahi de livres, de cahiers et de classeurs. Elle aimerait que le bac soit passé. Que cette longue et pénible année s'achève et qu'enfin les vacances, et son anniversaire, arrivent. *On organisera une grande fête*, se promet-elle en repoussant sa chaise pour se lever.

— Tu fais quoi ? demande aussitôt Bénédicte.

— J'ai soif, ment Alice. Combien de temps avant la pause-déj' ?

Mais Bénédicte a déjà replongé dans ses fiches.

Dix-huit ans, ça mérite une fiesta d'anthologie, songe la jeune fille en se dirigeant vers la cuisine. *Surtout après les mois qu'on vient de passer.*

En avril, Imogen a perdu le bébé. Se sont ensuivies des semaines étranges où Christian, déprimé, ne quittait plus le lit, tandis que son épouse alternait entre crises de larmes et combativité. « On va s'en sortir, promettait Imogen, on va surmonter. » Puis d'un coup, alors que lui reprenait pied, elle s'était fermée. « Sûrement une histoire d'hormones, avait expliqué Cassiopée. Après la grossesse, puis la fausse couche, faut le temps que ça se régule. »

Alice s'approche du plan de travail. Le carrelage est frais sous ses pieds ; sur le marbre du comptoir, plusieurs corbeilles de fruits sont disposées et leurs couleurs la ravissent. Alice saisit une pêche, en savoure la douceur et le parfum avant de la croquer. Aujourd'hui, par la fenêtre au-dessus de l'évier, les Pyrénées sont invisibles mais le ciel sans défaut. Ah… se promener sur l'herbe sous ce ciel parfait, sentir le soleil chauffer sa peau, s'enivrer de beauté dans la roseraie… merveilleuse roseraie où les *Baccara* et les *Honey Bouquet* épanouissent leurs tendres corolles sous les arches de *Pierre de Ronsard* et de *New Dawn* grimpants. Orion a réalisé son chef-d'œuvre, avec cette roseraie, et il l'entretient avec soin et passion. Alice aime le voir, chaque samedi matin, inspecter les plants, tâter la terre à leur pied, retourner les feuilles à la recherche du moindre puceron. Imogen se joint souvent à lui, et en revient les bras chargés d'odorants bouquets.

Alice se sert un verre d'eau, y ajoute quelques glaçons. Où est sa mère, au fait ? Elle est sortie après le petit déjeuner mais n'a pas dit où elle allait. La jeune fille croque un glaçon et fronce les sourcils. Imogen semble aller mieux, mais ses hormones ne doivent pas être « régulées » pour autant, car elle continue à agir bizarrement. Par exemple, elle a pris l'habitude, depuis quelque temps, de disparaître. Parfois elle rentre avec le pain, parfois avec un sachet de la pharmacie ou un livre de la bibliothèque. Souvent sans rien. Elle explique être allée se promener, ou avoir rendu visite à Nour. Cette nouvelle amitié surprend les filles autant qu'elle les réjouit. Après cinq ans au village, l'Anglaise solitaire s'est enfin fait une amie – et tant pis si l'amie en question n'est pas la plus avenante. Mais le plus étonnant, pour Alice, demeure la nouvelle passion d'Imogen pour la conduite. Elle qui craignait tant de prendre le volant court désormais deux fois par semaine rejoindre Maurice, le moniteur de l'auto-école, et en rentre enchantée. « Maurice dit que je serai *ready* bientôt ! Je fais beaucoup le progrès, je n'ai presque plus peur ! » L'adolescente en est un peu jalouse : elle espérait, comme Bénédicte, passer son permis juste après sa majorité, mais Christian a décidé qu'elle devait se concentrer sur le bac. *Et si je ne l'ai pas,* s'inquiète Alice en buvant son eau glacée, *serai-je privée de permis?* Elle ferme les yeux et s'imagine cheveux au vent dans une petite citadine rutilante. *On pourrait se la partager avec* mum, songe-t-elle. *Mais il faut vraiment que j'aie ce* fucking *examen.* Elle devrait retourner au salon, se remettre aux révisions; elle décide de préparer le déjeuner. Puisque Imogen ne rentre pas, puisqu'il est presque midi, puisque ses amies sont occupées... sans prétendre être Maïté, elle doit pouvoir bricoler quelque chose de comestible avec ce qui reste dans le frigo.

Elle trouve une tranche de poitrine fumée et entreprend de la découper en lardons. Tout en s'activant, elle se demande à quoi ressemblera sa vie d'étudiante. Et surtout quelle fac pourrait bien lui plaire. Cassiopée est maintenant sûre d'elle, c'est la médecine qui l'intéresse. Elle a déjà négocié son départ à Bordeaux, ses parents ont calculé et s'ils se serrent la ceinture, si Cassiopée obtient une chambre en résidence universitaire, ainsi qu'une bourse et un petit boulot, et si Orion donne un coup de main, ça devrait passer. Dalia mise sur la musicologie à Pau, le choix du cœur autant que de la raison. Elle aussi cherchera un job d'appoint, pour aider ses parents et peut-être aussi, à terme, avoir son propre logement. En attendant elle restera au village, comme Béné qui s'oriente pour sa part vers le marketing.

Et moi? J'ai envie de faire quoi? Alice sort une poêle, y jette les lardons, ouvre le gaz. *Plus tard, je me vois comment?* Son père lui a conseillé le droit mais elle peine à se projeter dans des études si sérieuses. Sera-t-elle seulement capable de prendre des notes, d'apprendre les cours, de s'organiser pour réviser si ses amies ne sont pas là pour l'aider ? Une fac d'anglais représenterait la facilité. *Mais pour faire quoi après ?* Une odeur soufrée lui pique soudain le nez et elle se rend compte qu'elle n'a pas allumé le feu sous sa poêle. *Purée… aussi distraite que* my mum… Elle ferme le gaz, ouvre la fenêtre en grand et l'odeur du jardin entre dans la cuisine : parfum des roses, pelouse fraîchement tondue, dalles de la terrasse chauffées au soleil. *Faut-il vraiment avoir le bac ?* se demande la jeune fille en humant ce mélange attirant. *Faut-il, pour être heureux, connaître la différence entre l'Assemblée et le Sénat ?* Non, évidemment, mais si elle rate son examen elle décevra son père. Et elle devra refaire une année de terminale, sans ses camarades de surcroît.

Alice abandonne les lardons et s'assied devant le comptoir, découragée. La pression qu'elle a ressentie toute l'année s'est accentuée ces dernières semaines et elle comprend à présent que le problème n'est pas tant d'avoir le bac ou d'échouer. Le problème, c'est le changement. Et quelles que soient ses performances aux épreuves de philo, de math ou d'anglais, le changement est imminent, et effrayant. L'année prochaine elle ne prendra plus le car le matin avec ses trois meilleures amies. Cassiopée ne vivra même plus au village.

— *Sweetie ? You're OK ?*

Imogen est entrée dans la cuisine, légère et souriante, un début de coup de soleil sur le bout du nez. Aussitôt elle s'inquiète de l'humeur de sa fille, affalée sur le comptoir, la tête entre les mains.

— Ça va, répond Alice sans conviction. Juste marre des révisions.

Imogen s'approche et prend Alice dans ses bras. L'adolescente d'abord raide s'abandonne à l'étreinte, respire un mélange de café, de roses et de shampooing. Et comme si elle avait lu dans ses pensées, sa mère lui souffle à l'oreille :

— *You'll be OK.* Même si les choses changent, tu as un belle vie devant toi. Et moi je serai toujours fière de toi.

12.

Vendredi 12 juillet 2019

Quand je suis redescendue dans le salon, après une excellente nuit passée dans un très confortable lit à baldaquin, maman n'était plus sur le canapé. Je l'ai trouvée attablée dehors avec Dalia, face à la surface miroitante d'une grande piscine et sous un énorme parasol. Le clapotis de l'eau, l'odeur du café, la terrasse entourée de lavandes, le ciel d'un bleu parfait… tout chantait les vacances et la détente. J'ai salué Dalia, ai déposé un baiser sur la joue de ma mère, lui ai demandé comment elle avait dormi. Elle a répondu :

— Peu, mal, atroce.

— Gueule de bois ? ai-je demandé en me retenant de me moquer.

Elle a levé la main et l'a agitée à côté de sa tête, comme si elle voulait chasser une mouche, puis j'ai réalisé qu'elle pointait du doigt quelque chose dans son dos.

— La maison de mes parents, a-t-elle indiqué. À cent mètres, même pas. J'en ai rêvé, ça m'a réveillée, je me suis payé une crise d'angoisse horrible. Ensuite, plus moyen de fermer l'œil.

Je l'ai enlacée et elle m'a serrée en retour. Malgré la chaleur de cette fin de matinée, ses mains étaient glacées.

— Je refais du café ? a proposé Dalia.

— Corse-le bien, a lancé une voix depuis le salon.

Bénédicte est apparue à la porte-fenêtre, sa belle robe froissée, son sac à l'épaule et ses lunettes de soleil déjà sur le nez.

— Tu pars ? s'est inquiétée Dalia. Il y a un souci chez toi ?

— Aucun souci. Pascal a emmené les enfants à l'accrobranche, je suis libre pour la journée. Je vais aller chercher des croissants. En attendant…

Elle a déposé sur la table un paquet de biscottes, un pot de confiture, une cuillère et a filé. Dalia est partie faire couler le café, maman s'est pris la tête dans les mains.

— Allez mamounette, l'ai-je encouragée. Tu y es presque. C'est dur mais d'ici à quelques heures tu seras débarrassée.

— Je ne sais pas si je pourrai y aller, mon chat.

J'ai résisté à l'envie de la secouer – elle était si près du but, elle n'allait quand même pas renoncer ! – et j'ai proposé de lui faire une tartine. J'ai étalé une bonne couche de confiture sur la biscotte, la lui ai tendue. Elle l'a repoussée du bout du doigt.

— Pas très faim.

Comme ça commençait à m'agacer, j'ai embarqué la tartine goût mirabelle-frustration et suis allée me mettre les pieds dans la piscine.

— Tu peux te baigner, m'a indiqué Dalia en revenant de la cuisine. Les parents de Béné laissent tourner les filtres en permanence, elle est propre. Je peux regarder si je te trouve un maillot, si tu veux.

C'est donc avec un maillot d'emprunt, de nouveau, que j'ai fait trempette. Quand je suis sortie du bassin, l'eau fraîche avait lavé ma mauvaise humeur et je suis allée m'allonger sur un transat, en plein soleil, avec la ferme intention de bronzer. Les abeilles bourdonnaient dans les lavandes, mes cheveux gouttaient sur les dalles déjà brûlantes, Dalia m'a apporté un verre d'eau glacée agrémentée de feuilles de menthe du jardin. Je me sentais parfaitement bien, au croisement du lézard et de la millionnaire. Ne manquaient plus que les croissants. Pendant ce temps, à l'ombre, maman demandait :

— Et ton copain alors ? Tu as dit qu'il était en déplacement ?

— Il est parti randonner dans les Pyrénées, a répondu Dalia. On a décidé que cet été, chacun prendrait du temps pour soi. L'année a été compliquée, l'échec de la FIV nous a mis un gros coup. C'était la dernière chance, alors…

— Je suis désolée pour vous, a dit doucement maman.

Dalia a haussé les épaules, les yeux fixés sur sa tasse vide.

— D'un côté, je suis soulagée de sortir de tout ça. Les injections, les ponctions… l'espoir, surtout. L'espoir et les déceptions. Une fois je suis tombée enceinte. Une seule fois, c'était il y a quatre ans, ça a duré quinze semaines. Et ces quinze magnifiques semaines constituent tout ce que je sais, et saurai jamais, de la maternité.

— Je suis désolée, a répété maman. J'aurais aimé être là pour toi.

— J'étais bien entourée. Et je sais que cette douleur, la pire de ma vie, a été entendue et reconnue. Maintenant il faut que j'accepte cet état de fait : je ne porterai pas d'enfants. C'est une douleur avec laquelle je dois composer. Ça ne m'empêche pas d'avoir des projets, ni de trouver du sens à ma vie. C'est juste… une tristesse qui fait partie de moi, désormais.

Maman a changé de chaise pour se coller à son amie et la serrer dans ses bras. Dalia poursuivait :

— On dit souvent que le couple prend un coup à l'arrivée d'un bébé mais ce que nous avons traversé… c'est rude aussi. Sven est adorable, et soutenant, mais j'ai ma peine, ma culpabilité, un corps différent que j'ai du mal à accepter… Je n'ai pas été très agréable avec lui ces derniers mois. C'est pour ça qu'on prend du temps séparément. Il faut qu'on se retrouve, chacun de son côté.

— Je n'aurais jamais deviné. À te voir sur scène hier, tellement rayonnante…

— Ça me fait du bien d'être sur scène. Ça me sort de mes problèmes, justement. La seule chose que j'ai du mal à gérer, c'est quand des habitués viennent me voir à la fin du show et me demandent pour quand est l'heureux événement. Comme j'ai pris beaucoup de poids, pas mal de ventre… C'est bien intentionné mais ça me déchire chaque fois. Mais peut-être que je dois juste revoir ma garde-robe.

Elle a eu un joli petit rire et s'est levée pour aller chercher le café. Je me suis retournée sur mon transat, en toast qui veut dorer des deux côtés.

— Cass non plus n'a pas d'enfants, a lancé Dalia en revenant deux minutes plus tard, un gros pot de café fumant à la main.

Maman a juste fait « Ah ? » mais ça crevait les yeux qu'elle voulait en savoir plus. Elle s'est retenue de poser des questions le temps que Dalia remplisse les tasses puis a demandé, l'air de rien :

— Elle est célibataire ou... ?

— Oh non, elle est en couple depuis un moment. Mais elle ne veut pas d'enfants. Pendant ses études déjà, elle disait que ça ne l'intéressait pas. Sa famille assurait qu'elle changerait d'avis, elle leur gueulait dessus, évidemment. Maintenant, ce qu'elle dit, c'est « vivement la ménopause, qu'on arrête de me gonfler avec ma fertilité ».

Maman a souri et a accepté le sucre que lui tendait Dalia. Elle allait poser une question quand son amie l'a devancée.

— Et donc toi, tu as une grande ado de seize ans.

— Seize ans et demi, ai-je rectifié depuis mon transat.

— Déjà seize, a opiné maman. Je suis tombée enceinte sans que ça soit prévu, je n'aurais dû faire que passer au Portugal mais j'ai rencontré Tomas, et Chloé s'est invitée dans l'équation...

— J'étais une surprise, ai-je récité. Un « merveilleux accident qu'ils ont tout de suite aimé ».

— Presque tout de suite, a modéré maman en me lançant un clin d'œil.

— Je sais, tu avais des voyages prévus, papa n'avait pas fini ses études, j'ai un peu foutu le bordel.

— On a hésité, au début, avec Tomas. On était très jeunes, on se connaissait depuis peu de temps, j'étais une globe-trotteuse et lui un futur vigneron. Ça semblait fou de garder ce bébé.

— Et pourtant, je suis là ! ai-je soupiré en m'étirant sur mon transat comme un gros chat.

— Au final, Tomas m'a dit que ça devait être mon choix et qu'il s'adapterait. J'ai pensé à ma *mum*. À sa douleur quand elle a perdu le bébé. C'est ça qui m'a décidée.

23 juin 1997

— Ça fait tout drôle, quand même, dit Dalia en essayant de rassembler en chignon ses boucles mouillées.

Alice lâche le bord de la piscine, s'enfonce jusqu'à être totalement immergée puis, d'un coup de talon, remonte à la surface.

— Quoi qui fait drôle ? demande-t-elle en s'accoudant de nouveau à la margelle de pierre à côté de son amie.

— Ne plus avoir à réviser. Je pensais que je me sentirais heureuse, soulagée quand le bac serait passé. Mais je me sens surtout…

— Désœuvrée ? suggère Bénédicte, allongée sur un transat au bord du bassin.

— C'est ça. Comme si on n'avait plus aucun but dans la vie.

— Notre but, lance Cassiopée qui revient de la cuisine avec quatre canettes, c'est d'attendre nos putains de résultats sans trop nous faire chier. T'as plus de Coca, Béné. J'ai pris des Orangina.

Cassiopée dépose les boissons sur la petite table de tek glissée entre les chaises longues en grognant « il fait putain de chaud » et se jette dans la piscine. Lorsqu'elle émerge Bénédicte la sermonne.

— Il faut vraiment que tu surveilles ton langage, Cass. Quand tu seras médecin, tu ne pourras pas dire « madame Michu, votre putain de cancer est revenu ».

— T'as raison…

Bénédicte jette un regard suspicieux à sa camarade, qui poursuit :

— Parce que personne ne s'appelle Mme Michu, en vrai. Et aussi parce que je ne serai pas cancérologue.

Bénédicte décide de laisser couler. Elle attrape une canette et la fait rouler sur son front. Le temps est lourd depuis plusieurs jours, de gros nuages sombres s'accumulent à l'horizon mais l'orage tarde à éclater.

— Vous avez entendu, pour les poules de Nour ? demande-t-elle soudain.

Les filles secouent la tête et Bénédicte rapporte ce que ses parents lui ont raconté : au printemps, Nour avait bricolé un poulailler dans la cour attenante à sa petite maison et y avait installé deux poules rousses. Il y a deux jours, au matin, Nour a trouvé l'enclos éventré et les volatiles disparus.

— Elle a voulu porter plainte mais la police lui a ri au nez. Ils ont dit que ça devait être un renard. Alors que le grillage avait été découpé !

— Bande de glands, peste Cassiopée. Des gros racistes, à tous les coups !

— C'est pas déjà elle qui avait eu ses pneus crevés ? interroge Dalia.

— Si. Mais selon eux, c'est une coïncidence.

— Encore un coup du renard, lâche Cassiopée avec un sourire narquois. Le même renard qui se balade avec des cisailles.

Alice s'immerge de nouveau. Roulée en boule, elle expire profondément et se laisse tout entière couler au fond. Comme Dalia, elle pensait se sentir libérée après la fin de leur examen mais un poids demeure accroché à sa poitrine. Les mésaventures de Nour y sont certainement pour quelque chose. Quoi qu'en pensent les autorités, un délinquant doit se balader dans le village. Mais c'est surtout dans son foyer que se situe la source de son anxiété.

Alice attend, au fond de la piscine, que le manque d'oxygène lui devienne insupportable. Revenue à la surface, elle inspire à pleins poumons et avoue :

— Chez moi aussi c'est le merdier. Hier soir, j'ai entendu mes parents se disputer. Je n'ai pas compris ce qu'ils disaient mais ils criaient tous les deux et… je crois que ça va vraiment mal entre eux.

Un grand silence suit ces propos. Dalia vient poser un bras sur les épaules d'Alice. Cassiopée se hisse hors de l'eau, attrape une canette de soda et la propose à son amie.

— Non merci. Franchement, je ne comprends pas. Ils étaient heureux, mes parents. Ils ont toujours été heureux mais depuis la fausse couche, on dirait que tout a changé.

— Ça a été dur pour eux, commence Dalia.

— Moi aussi j'ai entendu des choses, l'interrompt Bénédicte.

Trois paires d'yeux se fixent sur la jeune fille, qui explique que le matin même, le père d'Alice est passé à la pharmacie.

— Ils font ça de temps en temps, ton père et le mien, ils se prennent un café dans l'arrière-boutique et ils discutent. Là, comme la cafetière de la pharmacie était en panne, ils sont venus à la maison et… j'ai entendu ton père dire au mien… enfin ce que j'ai compris c'est qu'il est toujours amoureux de ta mère mais que de son côté, elle…

— Elle veut le quitter ? demande Cassiopée.

— Le tact, Cass…, souffle Dalia tandis que les yeux d'Alice rougissent.

Bénédicte hésite. Doit-elle tout dire, ou vaut-il mieux cacher à Alice une part de la vérité ? Elle cherche à son cou la croix qui ne la quitte jamais. Elle avait promis de taire certaines choses mais à présent, la situation est différente.

— Je ne sais pas, reconnaît-elle. Mais je peux vous dire que leurs problèmes datent d'avant la fausse couche.

Bénédicte rapporte alors la scène dont elle a été témoin sur la plage d'Hendaye, l'été précédent, et les confidences de Christian sur la conduite d'Imogen.

— Mais non, proteste Alice. Ma mère n'a pas… n'importe quoi !

— Je l'ai vue, de mes yeux, rire avec le monsieur chauve.

— Elle s'est marrée avec un type sur la plage, elle ne lui a pas taillé une pipe, argumente Cassiopée.

— Ma *mum* n'est pas comme ça.

— Ça ne lui ressemble vraiment pas, appuie Dalia.

— Elle est tellement tête en l'air, tente Bénédicte. Peut-être que parfois…

— … elle oublie qu'elle est mariée ? la coupe Cassiopée. Arrête ton charre, Béné. Perdre ses clés, c'est de la distraction. Draguer un type par mégarde ce serait… un problème psychiatrique. Ou même neurologique. Un truc sérieux.

— Elle prend des médicaments.

Bénédicte a à peine prononcé ces mots qu'elle les regrette. Briser une promesse est déjà grave mais là c'est de secret médical qu'il s'agit. La responsabilité de ses parents pourrait être engagée. Elle se mord les lèvres mais il est trop tard. Ses trois camarades la fixent avec un mélange de peur et d'incompréhension.

— Quels médicaments ? demande Alice. Qu'est-ce qu'elle a ?

— Je ne sais pas, avoue Bénédicte piteusement. J'ai juste entendu ça ce matin, qu'elle prenait ou avait pris un traitement.

— Du Doliprane ? se moque Cassiopée. De la vitamine C ?

— Un nom que je ne connaissais pas, réplique Bénédicte. Mais ça avait l'air sérieux. Avec un protocole spécial.

— On va vérifier ça, annonce Alice en se propulsant hors de la piscine.

Bénédicte essaie de résister mais son amie insiste, épaulée par Cassiopée et Dalia, et quelques minutes plus tard, après s'être rhabillées à la va-vite, les quatre adolescentes franchissent les portes vitrées de la pharmacie.

— Bonjour les filles ! lance du comptoir la mère de Bénédicte, pimpante et souriante dans sa blouse blanche. Vous venez tester les nouveaux vernis ?

— Cassiopée aimerait consulter le *Vidal*, ment Bénédicte. Comme elle veut faire médecine, tu sais…

Brigitte approuve cette requête et retourne à sa cliente. Les filles se glissent derrière le comptoir et gagnent le bureau puis, aussitôt la porte fermée, se ruent sur l'ordinateur.

— Tu sais faire ? demande anxieusement Alice.

— Le logiciel de gestion est déjà ouvert, c'est bien. Je crois que je dois faire « F4 »... ou alors l'onglet clients... C'est ça, là je tape le nom.

— Regarde si tu as une Mme Michu, lance Cassiopée derrière son dos.

— Chut, fait Dalia. Dépêche, Béné.

— Donc j'ai trouvé ta mère et je vais dans... quoi déjà ? Ah oui, historique !

Bénédicte clique sur des dates, et pour chacune s'ouvre une fenêtre sur le fond noir de l'écran.

— Y a pas grand-chose, remarque Cassiopée. Ça c'est antidouleur. Ça aussi. Ça... je ne sais pas.

— Contre les mycoses, dit Bénédicte. Mais rien qu'elle prenne régulièrement. Pourtant je croyais...

— Tu as mal compris, l'interrompt Alice. Si ça se trouve, ils ne parlaient même pas de ma mère.

— C'est quoi, celui-là ? demande Cassiopée lorsque s'affiche une délivrance datant du mois de mars.

— C'est ça ! s'écrie Bénédicte. Le nom que j'ai entendu ce matin !

— Ce serait pas un antidépresseur ? interroge Cassiopée.

Bénédicte tâtonne un moment, mais aucun « F8 » ou « Entrée » ne lui permet d'obtenir de détails sur le médicament. Elle finit par se rabattre sur le gros exemplaire relié du *Vidal*, et en tourne nerveusement les pages jusqu'à arriver au nom recherché.

— Alors, la presse Alice. Qu'est-ce que c'est ?

Bénédicte, livide, approche le *Vidal* de son amie et lui pointe un paragraphe. Alice le parcourt des yeux et balbutie : « Je ne comprends pas. » Cassiopée tire alors à elle le livre et lit à haute voix :

— « Interruption médicamenteuse de grossesse »... Putain, c'est pas un antidépresseur le machin. Ta mère, le bébé... Elle s'en est débarrassée.

13.

Je me suis redressée d'un coup sur mon transat. Ma conception accidentelle, mon père qui laisse ma mère choisir, je savais. Ça fait partie de la mythologie familiale au même titre que mon dos tout poilu quand je suis née, ou que la fois où j'ai balancé « wesh gros » à la maîtresse le premier jour de moyenne section. Ma grand-mère qui perd un bébé, en revanche, je n'en avais jamais entendu parler. J'ai aussitôt regagné la table pour poser des questions et maman m'a expliqué la grossesse inattendue d'Imogen, suivie d'une prétendue fausse couche qui s'était révélée être un avortement.

— Et c'est ça, a-t-elle conclu, qui m'a poussée à te garder. J'avais vu ma mère si heureuse d'être enceinte, puis si dévastée de ne pas avoir ce bébé, alors même que c'était son choix... que j'ai eu peur, je crois, d'expérimenter la même chose.

J'ai fait une grimace. D'une part parce que devoir son existence à la frousse n'est pas très valorisant, et d'autre part parce qu'il y avait un point que je ne comprenais pas.

— Pourquoi avoir avorté, si elle était heureuse d'être enceinte ? ai-je demandé. Et pourquoi faire passer ça pour une fausse couche ?

Maman a laissé passer un moment, comme si elle rassemblait ses forces. Puis elle a balancé rapidement :

— Probablement parce qu'elle était enceinte de son amant, et qu'elle n'a pas eu le cran de faire élever cet enfant illégitime par mon père.

Les abeilles bourdonnaient toujours, les lavandes embaumaient, le bleu du ciel n'avait pas changé, mais la journée de vacances avait pris une drôle de tournure.

— Ma grand-mère avait un amant ? ai-je répété, incrédule.

— Peut-être même plusieurs, a soufflé maman.

— Et c'est pour ça qu'elle n'a pas gardé le bébé ?

Elle a opiné. Dalia, elle, secouait la tête dans l'autre sens.

— On n'en sait rien, Alice.

— On sait que mon père se plaignait de ses infidélités. Il l'avait dit à Béné, sur la plage.

— Justement.

Dalia a avalé une gorgée de café avant de poursuivre :

— Un été, peut-être deux ou trois ans après ton départ, Béné et moi sommes parties pour la journée à Hendaye. On se pose sur la plage, on se baigne, on papote, à un moment je m'endors. Et puis je sens Béné qui me secoue. Elle me dit : « Le type, le type, c'est le type ! » Je ne comprends rien, mais elle se lève et file vers un homme au bord de l'eau. Je me décide à aller voir de quoi il retourne et là, il s'avère que « le type », c'est celui avec qui ton père s'était disputé, la fois où on était allées toutes ensemble à Hendaye avec tes parents.

— Un type que ma mère draguait, m'a traduit maman, qui voyait que je pataugeais.

Puis elle a vérifié auprès de Dalia si c'était le même gars et si Béné l'avait reconnu.

— Absolument. Et tu sais ce qu'il nous a dit ? Que ta mère ne le draguait pas.

Maman a haussé les sourcils et fait la moue – c'est son air « Mais bien sûr ».

— Elle ne le draguait pas, a répété Dalia avec conviction. C'était un ancien collègue parisien de ton père qu'elle avait reconnu, ils s'étaient salués, avaient échangé des nouvelles… bref une discussion tout ce qu'il y a de plus basique.

— Mouais. Et mon père s'est embrouillé avec lui alors qu'ils ne faisaient que discuter.

— Tout à fait. Et ça l'avait choqué, le type. Il n'avait pas compris pourquoi Christian s'en prenait à lui de cette façon.

— Mouais, a répété maman. Et en même temps, Dalia… si ce type flirtait avec ma mère, il n'allait pas vous l'avouer. Surtout si vous lui avez raconté que mon père avait tué ma mère ensuite.

3 juillet 1997

— Oh… ça, c'est vachement bon ! fait Dalia en vidant son verre d'un trait. Tu veux ?

Cassiopée saisit la bouteille de Malibu que lui tend son amie. Elle s'en sert un fond, y trempe les lèvres et admet :

— Pas mal. Mais je préfère le Get 27. Ça va mieux avec les clopes de ta mère.

Dalia glousse, se pelotonne sur son canapé, tire sur elle la vieille couverture en crochet et pousse un soupir ravi. Ses parents sont chez des amis, Alice dîne au resto avec Imogen, Béné a un repas de famille. Ce soir, c'est juste Cass et elle. Elles mangeront des cochonneries et regarderont des films. Friands au fromage et *Dracula*. Pommes noisettes et *Bodyguard*. Viennetta et *Princess Bride*.

— Ça fait plaisir d'être deux, expire Cassiopée en essayant de faire un rond de fumée.

— C'est exactement ce que je me disais, s'ébahit Dalia. Je ne sais pas pourquoi mais ça me rend… légère !

— C'est parce que les deux autres sont des boulets.

Dalia proteste, pour la forme, mais elle a surtout envie de rire quand Cassiopée développe :

— Entre celle qui fait la gueule parce que l'avortement c'est pas bien, et l'autre qui est choquée que sa *mummy* puisse se faire tringler par un autre que son père… ça va, faut péter un coup et passer à autre chose.

— Surtout qu'elle va très bien, la *mummy* ! Je l'ai vue ce matin et elle était encore plus belle que d'habitude. Radieuse. Ravissante. Ravidieuse !

— Ou radissante.

— De toute façon, depuis que Christian est parti elle rayonne comme… comme…

— Comme quelqu'un qui a un amant. Elle n'a pas une thune, vu que cette fois elle a perdu sa carte *et* son chéquier, et que cette poire de Christian n'est pas là pour les retrouver. Mais elle s'en fout complètement, puisqu'elle vit d'amour et d'eau fraîche. Et tu l'as vue conduire ?

— Elle conduit quoi ? s'étonne Dalia. Christian a pris sa voiture pour aller à Lyon, alors…

— La poubelle de mon frère, figure-toi.

Dalia se verse une généreuse rasade de Malibu et soupire :

— Il est gentil, Orion, quand même…

— Il est gentil, Orion. *Don't you think ?*

Alice ne répond pas, hoche à peine la tête. Depuis l'arrivée au restaurant, elle peine à trouver la bonne attitude. À vrai dire, cela fait plusieurs jours qu'elle est en difficulté. Depuis qu'elle a appris qu'Imogen avait volontairement arrêté sa grossesse, tout en lui faisant croire à une fausse couche spontanée, elle ne sait plus quoi penser ni quoi dire. Qui est vraiment cette femme en face d'elle ? Pourquoi semble-t-elle si épanouie alors que son mari a fait sa valise et est allé se réfugier chez ses parents ? Le couple Imogen-Christian va-t-il survivre à cette crise ?

Lorsque Imogen se lève pour aller aux toilettes, Alice se sert en douce un verre de vin. Elle grimace en le vidant d'un coup puis capte le regard amusé d'un homme à la table voisine. Amusé ou concupiscent ? Depuis qu'elle *sait*, elle a l'impression que le monde n'est peuplé que de potentiels adultères. *Oublie ça*, s'admoneste-t-elle. *Comme dit Cass, les histoires de cul des autres ne te regardent pas.* Et puis ce n'était pas un bébé, se rappelle-t-elle. Ce n'était pas un frère ou une sœur que sa mère a « fait passer ». Juste un amas de cellules dont elle-même ne se souciait pas tellement avant de lire cette page du *Vidal*.

Lorsque sa mère revient à la table, Alice l'observe traverser la salle du restaurant. À trente-neuf ans, elle a toujours une silhouette de jeune femme, mais c'est surtout son sourire qui aimante les regards, ce soir. *Elle rayonne*, songe Alice. Mais grâce à quoi ?

Peut-être est-ce ce premier contrat palois, décroché la veille, qui la rend particulièrement heureuse. C'est d'ailleurs ce qu'elles sont censées fêter ce soir : la renaissance de sa carrière de décoratrice d'intérieur… et l'arrivée bienvenue d'un peu de cash – Imogen ayant, comme à son habitude, égaré ses moyens de paiement.

— C'est un gros chantier, lui avait expliqué Imogen en la serrant dans ses bras au retour de son rendez-vous. Avec beaucoup de *money* pour moi. Ça veut dire je peux être indépendante !

Alice s'était retenue de lui demander pourquoi elle voulait être indépendante *maintenant*, après avoir vécu toutes ces années aux crochets de son époux.

— Ça fait plaisir de manger autre chose que les pâtes, *right* ? souffle Imogen avec un sourire en reprenant sa place, et sa fourchette. Mon risotto est *delicious*. Tu aimes ta pizza ? Tu n'as presque pas touché.

Alice sent le vin lui chauffer l'estomac, la gorge et les joues. Elle donnerait beaucoup pour ne pas être ici, face à sa mère, mais avec ses amies. *Sauf Béné*, se reprend-elle. Bénédicte est trop pénible avec ses principes anti-avortement.

— Tu veux goûter le vin, *sweetie* ? demande Imogen. Tu es presque dix-huit ans, c'est autorisé je pense.

Alice fait « non » de la tête et s'efforce d'avaler un peu de pizza.

— Je sais tu inquiètes pour le bac, dit gentiment sa mère. Mais je suis sûre ça va. Tu as dit tu avais réussi bien l'histoire, et assez la philo. *Surely* ça va…

— C'est bon, grogne Alice. J'ai pas envie d'en parler.

Le sourire d'Imogen s'éteint un instant puis revient, un peu moins éclatant.

— Je voulais aussi te dire, *sweetie*… *whatever happens* entre papa et moi… nous t'aimons tous les deux. Vraiment très fort. C'est important que tu sais ça.

— Que tu *saches*…, la corrige machinalement Alice.

— Et aussi je voulais te dire pour ton anniversaire, j'ai parlé à papa et il pense comme moi. On va payer le permis et aussi te chercher une petite voiture.

Alice redresse la tête et scrute sa mère. Elle n'ose pas croire ce qu'elle vient d'entendre.

— Tu as parlé à papa ? demande-t-elle.

— Je parle à papa beaucoup. On a les choses à régler, il faut parler.

Alice attrape un morceau de pizza et l'enfourne. Le monde ne lui semble plus si imprévisible et chaotique, l'homme de la table voisine n'est définitivement pas concupiscent, le vin ne lui donne plus la nausée. Si ses parents se parlent, tout n'est pas perdu. Et d'ici à la fin de l'été, elle aura la voiture dont elle rêvait.

14.

Maman avait marqué un point. Dalia est restée pensive un moment, tapotant en rythme sa tasse du bout des ongles.

— En tout cas, a-t-elle fini par dire, le type avait l'air de bonne foi. Il a décrit sa conversation avec ta mère très naturellement, et son étonnement lors de l'altercation. Il a donné des détails, comme le fait que ta mère peinait à trouver du travail au village, ou qu'elle galérait sans voiture… Et, oui, nous lui avons appris ce qui s'était passé, mais… je ne sais pas. On l'a cru, Béné et moi. Et on a pensé que peut-être, Christian était jaloux, très jaloux… au point d'agresser un type qui n'avait rien fait.

— Ce qui ne veut pas dire, a relevé maman, que ma *mum* était innocente pour autant. Il y avait d'autres types, ailleurs.

De nouveau Dalia a pris un temps de réflexion.

— C'est vrai, a-t-elle admis. Mais si on réfléchit dans l'autre sens, on n'a jamais eu de preuve d'un adultère.

Maman a émis un petit rire narquois.

— Les adultères, ce sont plutôt des choses qui se font en secret. On évite de laisser des preuves.

— Et les parents de Béné, a renchéri son amie, sont du même avis que nous. On leur en avait parlé en revenant d'Hendaye. On était un peu perturbées, Béné et moi, on avait eu besoin d'en référer à des adultes plus... matures. Et ils avaient reconnu qu'en dehors des dires de Christian, qui se plaignait il est vrai assez souvent auprès de Jean-Paul, il n'y avait jamais eu d'élément concret d'une tromperie d'Imogen.

— Au risque de me répéter...

— Je sais, l'a coupée Dalia. Mais quand même. Et je pense que ça pourrait être utile que tu parles aux parents de Béné. Ils en savaient plus que nous à l'époque. Ils étaient en contact avec les deux, Imogen et Christian. Et si on envisage que ton père, peut-être, était un homme maladivement jaloux qui avait cru que ta mère le trompait alors qu'elle...

— Et ça changerait quoi ? l'a stoppée maman. Qu'elle ait eu un amant, ou dix, ou aucun. Que le bébé ait été de mon père ou d'un autre. Qu'est-ce que ça change, aujourd'hui ? Et je vais même te dire mieux : qu'est-ce que ça peut me faire, à moi ? Ça la regardait. Ma *mum* était imparfaite, à l'ouest, paumée... mais avec moi elle faisait de son mieux. J'ai compris ça en élevant Chloé. Parce que les enfants *croient* que les parents savent ce qu'ils font mais la vérité, c'est qu'on est juste des êtres faillibles et pleins de contradictions, qui naviguons à vue en espérant ne pas trop nous planter. Ma *mum*, au moins, m'a toujours traitée comme une personne à part entière, et n'a jamais conditionné son affection à une certaine attitude ou à des résultats scolaires. Elle m'aimait, elle m'écoutait, elle me respectait. Et j'ai fait la paix avec elle, Dalia. Ça m'a pris du temps mais j'y suis arrivée et je n'ai aucune envie d'aller remuer cette fange vieille de vingt-deux ans, pour apprendre peut-être quelque chose, peut-être rien.

Dalia a ouvert la bouche, mais maman a haussé le ton et affirmé :

— Je ne veux pas y toucher. Je ne veux rien savoir de plus. Parce que si j'apprends qu'elle ne le trompait pas, on en conclut quoi ? Qu'il l'a tuée par erreur ? Je ne dis pas que l'adultère mérite la mort, pas du tout, mais si elle ne le trompait pas alors… ça n'a même plus de sens. C'est de la pure absurdité. J'aurais perdu ma mère, perdu la mémoire de mon passé, perdu la possibilité d'un avenir avec elle… pour rien.

— Je trouve…, ai-je commencé.

— De toute façon, a assené maman sans me laisser parler, c'est trop tard. On n'aura jamais le fin mot de cette histoire. Mon père s'en est assuré.

7 juillet 1997

Une foule est amassée devant les panneaux d'affichage. Cassiopée tente la première de se frayer un chemin. Jouant des coudes, elle progresse et entraîne dans son sillage ses camarades.

— Ici c'est les littéraires ! crie-t-elle pour couvrir le brouhaha ambiant. Alice, Dalia, ramenez vos miches, votre liste est là !

Écartant un garçon en larmes, deux filles hurlant de joie et un trio de parents inquiets, Cassiopée se déplace le long des grilles du lycée et atteint le panneau suivant.

— Économique et social, c'est toi, Béné !

Encore quelques pas, quelques pieds écrasés, et Cassiopée peut enfin lire : « Admis – Section scientifique ». Elle cherche son nom, parcourant la liste des yeux et du bout du doigt. Elle lâche un soupir de soulagement lorsque son patronyme apparaît puis : « Putain ! mention très bien ! »

— Cass ! Cass ! entend-elle sur sa gauche.

— Je suis là ! braille-t-elle en retour. Je l'ai !

Bénédicte émerge, rouge et échevelée, suivie d'une Dalia extatique et d'une Alice en pleurs.

— Tu l'as loupé ? s'inquiète aussitôt Cassiopée. Alice ? T'es au rattrapage, au moins ?

Bousculées, refoulées par les nouveaux arrivants, les quatre filles sont poussées loin des panneaux et se font recracher sur le trottoir par la masse grouillante et bruyante des lycéens.

— J'ai la mention bien ! s'époumone Bénédicte. J'ai la mention bien, j'ai réussi !

— Et moi assez bien, annonce Dalia en souriant de toutes ses dents. Quand ma mère va savoir ça…

Mais Alice pleure toujours et Cassiopée la presse :

— Et toi ? Rattrapage ou pas ? Si t'as le rattrapage, on va te faire bosser et tu vas y arriver !

— Je l'ai, hoquette Alice.

— Alors Béné va préparer un planning, et on te fera réviser à tour de…

— Non, la coupe Alice, je l'ai. J'ai le bac. Je suis tellement soulagée… je ne peux pas arrêter de pleurer…

Un peu plus loin, adossé à sa voiture, Orion, le frère de Cassiopée, observe le groupe. Il voit les filles gesticuler, se prendre dans les bras. Il sait, rien qu'à leur façon de sautiller, qu'elles ont toutes obtenu le baccalauréat. Il s'en réjouit, se tient prêt à les féliciter. Une nouvelle étape s'annonce pour elles et il est certain que ces quatre bouts de femme iront loin. Sa sœur, si insupportable soit-elle, est brillante, travailleuse et déterminée. Elle pourrait devenir un excellent médecin… si elle apprend à mettre un peu d'eau dans son vin. Bénédicte a les pieds sur terre, elle est organisée, rationnelle, droite, fiable. Rien ne pourra lui résister. Dalia, sous son apparence de douceur, cache un grand courage et beaucoup de sagesse. Orion l'imagine parfaitement dans un métier de transmission où son âme d'artiste pourra s'exprimer. Enfin Alice… Alice n'est peut-être pas très scolaire, et elle doit probablement sa réussite à l'examen au soutien de ses camarades… mais il suffira qu'elle trouve ce qu'elle aime pour qu'elle y brille et s'épanouisse. Une bouffée de nostalgie par anticipation traverse le jeune homme, mais il la balaie aussitôt. Les filles, ces quatre chipies, ne sont pas encore parties. Il reste tout l'été pour les véhiculer, les taquiner – et faire enrager Cassiopée.

Le trajet du retour, du lycée à Saubanoos, se passe dans un tohu-bohu de joie et de projets. Orion, les yeux sur la route et les oreilles aux aguets, entend les filles planifier successivement leur soirée, une sortie ciné, une excursion à la plage, un concert, leur anniversaire commun le 14 juillet, puis de nouveau la soirée en ajoutant cette fois un restaurant, de nouveaux bars, une boîte de nuit, et si possible une « cuite mémorable » pour fêter leurs résultats.

— Tu n'oublies pas ! lui rappellent-elles lorsqu'il les dépose devant le portail d'Alice. Tu reviens nous chercher ici, à vingt heures.

— À vos ordres, réplique-t-il avec le plus grand sérieux. Votre chauffeur-garde du corps sera prêt.

— Et pas le droit de picoler, ordonne Cassiopée. Ce soir c'est notre fête, nos bitures, pour toi, même si tu retrouves des potes c'est Coca et café.

— Je serai l'homme le plus sobre de Pau, promet Orion.

Les filles s'éloignent déjà, Alice lui lance un dernier signe de la main.

Orion redémarre, le sourire aux lèvres, et s'en va rapporter à ses parents la réussite des bachelières.

Lorsque Alice approche de sa maison, suivie de ses amies, elle étouffe un cri de joie. La berline de son père est garée dans l'allée. Dans l'entrée s'entassent ses valises et sa voix grave lui parvient du salon.

— Papa ? appelle-t-elle aussitôt. Papa, j'ai le bac !

Ses parents la rejoignent, la prennent dans leurs bras, se répandent en félicitations.

— Nous sommes tellement fiers, dit Imogen, et ce « nous » résonne en Alice comme une victoire supplémentaire.

Puis on passe au salon, on sert des jus de fruits, on interroge les amies, on les congratule et se réjouit. Les filles exposent leur projet. Elles vont se préparer ici puis aller dîner en ville avant de danser toute la nuit.

— Formidable, approuve Christian, vous avez bien raison. Un petit hic toutefois : le plombier est à l'étage et l'eau est coupée.

Tandis que Bénédicte propose de migrer chez elle, Alice sourit de plus belle. Elle voit dans la présence du plombier la preuve que son père est revenu pour de bon. Pourquoi faire réparer s'il comptait partir de nouveau ? Et ne serait-ce pas aussi un cadeau ? ou un vrai signe d'intérêt ? Voilà des mois que la tuyauterie de sa douche fonctionne mal, qu'Alice réclame une réparation, que Christian fait traîner… Aujourd'hui, son père lui fait comprendre qu'il est là, bien là, qu'il sera attentif et ne laissera plus la situation dégénérer.

Alice grimpe à l'étage, légère comme une bulle de savon. Dans sa chambre elle veut récupérer des vêtements, assez pour qu'elle et ses amies aient le choix, puissent s'amuser à essayer. Elle attrape son sac de danse, le vide sur son lit, y fourre débardeurs, dos-nus, tee-shirts, tuniques... Un bruit dans la salle de bains la fait sursauter. Elle y trouve le plombier, sa salopette, ses gros godillots, sa tonne d'outils, ainsi que l'inévitable apprenti boutonneux. Cette fois le visage acnéique lui est familier... Elle reconnaît avec stupeur Florent Baigts, avec qui Cassiopée était brièvement sortie au collège. Elle salue, se faufile, saisit eye-liner, paillettes, gloss parfumé avant de s'éclipser en s'excusant du dérangement.

Un tour devant la coiffeuse pour les bijoux : le sautoir argenté, le tour de cou noir, quelques bracelets... et la cornaline porte-bonheur, évidemment. Alice inspecte la commode, mais la cornaline n'y est pas. Elle fouille quelques boîtes mais abandonne rapidement : cette journée est assez magique, elle cherchera le collier chanceux une autre fois. Puis elle s'aperçoit qu'une enveloppe est posée contre le miroir. Elle la saisit, la soupèse. « Alice » est noté, de l'écriture ronde de sa mère. La jeune fille n'a ni le temps ni l'envie de lire cette lettre maintenant. Elle la glisse dans un tiroir, jette un dernier coup d'œil sur la pièce et un « au revoir merci » au plombier. Puis elle redescend l'escalier.

Chez Bénédicte, après les félicitations des sœurs et des parents, les filles s'enferment dans la chambre pour se préparer.

— Qui a le mascara waterproof ? demande Cassiopée.

— Manu Chao ou Louise Attaque ? propose Dalia.

— Je crois que ce jean ne me va pas, soupire Bénédicte.

Le soleil descend sur cette belle journée d'été. Par la fenêtre ouverte monte l'odeur de l'herbe chaude, de la piscine et des saucisses grillées. Cassiopée renifle, et se tourne vers Bénédicte.

— Tes parents font un barbeuc' ? Y a moyen de choper des merguez ?

— Tu peux aller voir, répond Bénédicte en saisissant un autre pantalon.

Au moment où Dalia sort un CD de Louise Attaque de son boîtier, un cri retentit au-dehors. Les filles s'approchent de la fenêtre, intriguées.

— C'était quoi ? demande Alice.

— Des gosses, grogne Cassiopée. Toujours des gosses pour beugler dans le coin.

Un deuxième cri leur parvient et Dalia secoue la tête.

— Ce n'est pas un enfant, ça. Vous ne pensez pas… ?

Un nouveau bruit l'interrompt. Cette fois c'est un claquement, sec et brutal, rapidement suivi d'un second.

— *What the fuck ?* souffle Alice.

— Ça doit être des pétards, estime Cassiopée. On n'est pas les seules à avoir eu le bac aujourd'hui.

Dalia se penche à la fenêtre et constate que dans les jardins alentour, sur les terrasses où l'on prend l'apéritif ou s'apprête à dîner, de nombreux voisins cherchent comme elle la source de ces sons dérangeants.

Les filles attendent un moment, silencieuses et concentrées, mais le lotissement a retrouvé son calme habituel. Un bébé pleure, quelque part, et un chien aboie. On entend des tintements de vaisselle et le grincement d'une balançoire. Dalia retourne aux CD,

Bénédicte à ses pantalons, Alice saupoudre son décolleté d'une pluie de paillettes.

— Je vais voir ce que je peux grailler avant qu'on décolle, annonce Cassiopée en jetant un coup d'œil à sa montre. Il est presque huit heures et… mais putain, ils ont cramé les merguez ou quoi ?

L'odeur qui s'insinue par la fenêtre est désormais tout sauf alléchante. Âcre, amère, elle pique la gorge et les yeux.

Dalia se rue de nouveau à la fenêtre et cette fois, tous les visages dans les jardins voisins sont tournés dans la même direction. Les gens regardent un peu plus haut, là où apparaissent de noires traînées de fumée.

— Quelque chose brûle, énonce Dalia sans se retourner. Ça fait de gros nuages, c'est… par là-bas.

Elle agite le bras derrière elle, de l'autre côté du lotissement, et Alice abandonne aussitôt les paillettes.

— C'est vers chez moi !

— Pas de panique, intime Bénédicte. Ça ne peut pas…

Mais au même moment, les cris se multiplient dans le quartier. On entend « au feu », on entend « appelez les pompiers », on entend « c'est la baraque des Parisiens » et Alice dévale l'escalier. Elle court, hors de la maison de Bénédicte, hors du lotissement propret, sur la route, puis à droite dans l'allée jusqu'à son portail. Elle ne sent pas les cailloux blesser ses pieds nus, ne remarque pas qu'elle se griffe au crépi du mur, n'entend pas ses camarades lui hurler de s'arrêter, ne ralentit même pas quand un panache de fumée l'aveugle et la fait tousser. Elle ouvre à la volée la porte de chez elle et appelle : *mum ?* papa ?

Les filles essoufflées, paniquées, entrent à leur tour et la supplient de rebrousser chemin.

— Je dois trouver mes parents, répète Alice en repoussant les mains que tendent Dalia et Cassiopée. De toute façon vous voyez bien, le feu ne vient pas d'ici.

Et c'est vrai : dans la maison point de fumée. Quelque chose crépite et se tord, des flammes rugissent assurément… mais ce n'est pas dedans. Alice traverse l'entrée, entre dans le salon, ses pieds laissent des traces de sang et de poussière sur le tapis quand elle s'approche des portes-fenêtres.

— C'est dans le jardin, murmure-t-elle avant de s'écrier, reconnaissant les formes embrasées : C'est la roseraie !

Elle en rirait presque. Ce n'est que ça ? Des rosiers brûlés ? Puis elle s'interroge : comment des plantes peuvent-elles produire de telles flammes ? Comment ont-elles pris feu ? Où sont mes parents ?

Lorsqu'elle ouvre la porte-fenêtre, c'est le bidon d'essence qu'elle voit en premier. Son cerveau enregistre l'information – voilà comment on fait brûler des rosiers – et produit une nouvelle question. Pourquoi ? La question suivante se forme à peine, qu'un nouvel élément étrange apparaît : des pieds. Le « qui » de « qui peut faire brûler des rosiers ? » migre dans « à qui sont ces pieds ? ». La réponse arrive à mesure qu'elle contourne la table. Après les pieds viennent des mollets, puis tout un corps fin, joli, pâle, allongé. Les yeux verts d'Imogen sont ouverts sur le ciel enfumé, une de ses mains est posée sur la pierre de la terrasse, l'autre sur une grosse tache pourpre en forme de fleur, à hauteur de poitrine.

— *Mum ?* appelle Alice.

Les mains d'Imogen sont chaudes, rassurantes. Pourquoi ne répond-elle pas ? Pourquoi reste-t-elle allongée ainsi ? On la replantera la roseraie. Ce n'est pas grave, quelques feuilles brûlées. Pas la peine de bouder.

Les Pyrénées apparaissent ponctuellement entre les panaches de fumée. Une silhouette aussi, qui se déplace au fond du jardin par-delà le brasier.

— Papa ? murmure Alice. Qu'est-ce qu'il fait ?

Elle se retourne. Ses amies sont juste à côté, agenouillées sur cette terrasse où elles ont pris de si beaux petits déjeuners.

— Il ne faut pas rester, lui dit Dalia des larmes plein les yeux.

Alice secoue la tête. Pourquoi s'en aller ? *Mum* va arrêter de bouder, papa va revenir.

Au fond du jardin, la silhouette de Christian agite un objet.

— Il faut dégager, presse Cassiopée. Il est toujours armé.

— Papa ? répète Alice.

De tout son poids, elle refuse de se laisser entraîner. Bénédicte veut la porter ? Elle s'allonge sur les dalles chaudes, à côté de sa mère. Mais pourquoi… pourquoi sa fleur pourpre coule sur le côté ? pourquoi… ?

— Non ! Non ! NON ! hurle Dalia.

Mais un nouveau claquement sec a retenti, et, bien que Cassiopée et Bénédicte aient voulu lui cacher les yeux, la protéger, Alice a vu, a enfin compris. Son père s'est effondré derrière les panaches de fumée. Il avait posé le canon sous son menton. Sa fleur rouge n'a pas fini de couler.

15.

Maman a terminé sa diatribe et a croisé les bras, le visage fermé. Dalia s'est absorbée dans la contemplation de sa tasse. Et c'est durant le long silence tendu qui s'est ensuivi que Bénédicte est revenue. Elle a balancé les clés de sa voiture et un gros sachet de viennoiseries sur la table avant de filer chercher un bol dans la cuisine. Le récipient qu'elle a rapporté aurait pu servir de pédiluve.

— Doliprane ? a-t-elle proposé en secouant une boîte de comprimés.

Maman a décliné et s'est étonnée :

— Tu as pris la voiture ? Il n'y a plus de boulangerie au centre ?

— Si, a répliqué Bénédicte en se versant un litre de café, mais j'ai préféré pousser jusqu'à la route de Bordeaux.

— Ah ! a fait Dalia en retrouvant le sourire. Tu es allée chez Prisca !

Béné a soupiré et maman a haussé les sourcils :

— Prisca… Prisca ? Celle qui était en classe avec nous ?

— Celle-là même, a acquiescé Dalia. La seule et unique.

— Ses parents habitent toujours à côté, a dit sombrement Béné. Ils râlent dès que les miens garent leur camping-car dans la rue. Soi-disant ça nuit à l'harmonie du lotissement.

— Prisca tient une boulangerie ? s'est amusée maman. Elle clamait qu'elle voulait devenir avocate, vivre à Paris…

— C'est ce qu'elle a fait pendant un temps. Puis elle a eu besoin de « retrouver du sens », a expliqué Dalia en mimant les guillemets. Elle bossait pour des grands groupes industriels. Ça l'a dégoûtée, apparemment. Alors elle est revenue, a suivi un CAP et a ouvert sa boutique.

— Ses croissants sont à se damner, a grogné Béné.

— Tu as pris des chaussons aux pommes ? a interrogé Dalia en tendant la main vers le sachet.

— J'ai tout pris : chocolatines, chaussons, pains aux raisins, croissants nature et amande…

— Et nous…, a commencé maman. Par rapport à Prisca, on est toujours… ?

— Oh oui…, a dit Dalia dans un sourire tout en saisissant un chausson aux pommes terriblement doré et appétissant.

— C'est toujours la même insupportable peste, a ajouté Béné en humant un gros croissant au feuilletage parfait. Elle fait les meilleures viennoiseries de la région, on va la voir tous les week-ends…

— Et on la déteste toujours autant, a achevé Dalia.

Maman a croqué dans un pain au chocolat, qu'elle a visiblement trouvé excellent. Elle m'a fait passer le sachet :

— Sers-toi, mon chat.

— Pas envie.

Je savais que ça marcherait. Elle m'a aussitôt questionnée – avais-je mal quelque part ? pas assez dormi ? –, a tendu une main vers mon front.

— Je ne suis pas malade, ai-je répondu en la repoussant. Je suis contrariée.

L'odeur des viennoiseries était alléchante, pourtant. J'aurais volontiers croqué dans un des croissants qui sentaient si bon le beurre et le bonheur. Mais je devais résister.

— Qu'est-ce qui te contrarie ? a demandé maman, alarmée.

J'ai fait de mon mieux pour avoir l'air triste – triste et déçue, précisément – exactement comme elle quand je rapporte une mauvaise note, ce qui me fait culpabiliser dix fois plus que si elle m'engueulait. Puis j'ai lâché d'une petite voix :

— C'est rien. Je trouve juste dommage que tu aies l'occasion d'apprendre des choses sur ta mère, et que tu ne la saisisses pas.

Je sentais qu'elle me dévisageait. Dalia et Béné avaient cessé de mastiquer et me regardaient aussi. J'ai parachevé ma manœuvre d'un magistral et lacrymal :

— Mais bon… c'est ton choix, maman. Je ne le comprends pas, c'est tout.

Trois minutes plus tard, elle appelait en visio les parents de Béné.

Ils se sont extasiés un moment, les parents de Béné. Sur la bonne mine de maman, qui avait « encore embelli ». Sur la mienne, « un vrai sosie » de ma grand-mère. Sur le fait que maman soit revenue au village après toutes ces années. Sur leur joie de nous accueillir chez eux même s'ils n'étaient pas présents. Maman, qui avait pris le téléphone de Béné en répétant qu'elle le faisait pour moi, pour me prouver qu'elle ne négligeait aucune piste, mais qu'il y avait quand même peu de chances qu'on apprenne quoi que ce soit après tout ce temps, n'était pas pressée d'en arriver à la raison de son appel. Elle a laissé Brigitte et Jean-Paul se pâmer et la mitrailler de questions une bonne dizaine de minutes avant de leur demander :

— Au fait, seriez-vous disposés à parler de ma *mum* ? Ça va peut-être vous paraître étrange, mais Dalia me disait que vous aviez douté, *a posteriori*, du fait qu'elle ait eu un amant et j'aurais voulu savoir…

Elle n'a pas achevé mais sur l'écran, les visages hâlés des deux pharmaciens ont tout de suite pris un air grave.

— Bien sûr, Alice, a dit la mère de Béné.

— Notre ressenti, avec le recul, a aussitôt rebondi son mari, c'est qu'on avait peut-être accordé trop de crédit au dire de ton père.

Maman a fait la moue et demandé s'il y avait des faits précis qui les avaient fait changer d'avis.

— Eh bien, en premier lieu, a commencé Brigitte, je suppose que pour ne pas se faire prendre quand on a un amant, il faut un minimum d'organisation. Or ta maman, Alice… pardon de dire ça mais elle était vraiment tête en l'air.

— Et elle ne quittait jamais le village, a poursuivi Jean-Paul. Ça nous avait fait tiquer, ça, sur le moment. Quand Christian m'a dit pour la première fois qu'il soupçonnait Imogen de le tromper… Bibi m'a dit : Jipé, qui peut être l'amant puisqu'elle ne sort jamais ?

— D'accord, a fait maman avec une moue qui signifiait « on n'est pas beaucoup plus avancés ».

— Mais on n'avait pas de raison de mettre en doute ce qu'affirmait Christian, a ajouté Jean-Paul.

— Et même, a relevé Brigitte, on se méfiait davantage d'Imogen. Parce qu'elle était toujours très gentille, elle avait ce côté naïf et charmant… Mais quand elle est venue à la pharmacie chercher les médicaments abortifs… je ne vais pas te mentir, Alice, ça nous a heurtés. À titre personnel, dans nos convictions et dans notre foi. Elle avait beau dire qu'elle n'avait pas le choix…

— C'est moi qui l'ai servie à la pharmacie ce jour-là, a repris son époux. J'avais les accusations de Christian en tête aussi, quand elle a raconté qu'elle devait stopper cette grossesse pour des raisons de santé, il m'a paru évident qu'elle mentait.

— Elle voulait se couvrir, a approuvé Brigitte. C'est ce qu'on a pensé. Prétendre être malade pour cacher la vraie raison de l'IVG.

— On s'est même demandé si elle n'avait pas forcé sur les larmes pour nous attendrir.

— Elle avait tellement pleuré… Je me rappelle m'être dit : « Si c'est du chiqué, c'est une sacrée comédienne, cette Imogen. »

14 juillet 1997

— Alice ?

La mère de Cassiopée, postée dans l'embrasure de la porte, guette une réponse ou un mouvement provenant de la forme allongée sous la couverture. Mais de la chambre obscure, rien ne vient.

— Nous passons à table, dit-elle doucement. Il est midi, si tu ne descends pas je te monterai un plateau tout à l'heure.

— Elle est réveillée ? chuchote son conjoint derrière elle.

La porte grince sur ses gonds, le rai de lumière provenant du couloir disparaît. Alice entend les parents de son amie discuter à voix basse dans le couloir, mais ne tente même pas de discerner leurs mots. Elle sait déjà qu'ils s'inquiètent pour elle, sa santé, son moral ; qu'ils aimeraient la voir manger, sortir, prendre l'air, se changer les idées. Elle sait tout cela, ils l'ont assez répété. Ils rabâchent que l'appétit vient en mangeant, que le temps efface même les pires chagrins, que le deuil est un chemin. Mais ils ne comprennent pas. Ils ne savent pas ce que c'est. Ils n'ont aucune idée de ce que coûte chaque pas, chaque bouchée, chaque parole même, depuis une semaine. Ils ne voient pas que les seuls moments où elle, Alice, n'a pas envie de hurler, sont ceux où elle se perd dans le sommeil. Dormir… Si seulement elle pouvait ne faire que ça. Dormir, dormir, dormir et oublier. Oublier pour être en paix. Ne plus voir le sang de sa mère, l'arme dans la main de son père. Ne plus étouffer dans cette horreur indicible, impensable, incompréhensible. Ne plus se demander pourquoi. Pourquoi, pourquoi, pourquoi. Pourquoi ? Qu'a-t-elle fait ? Qu'a-t-il appris ? Pourquoi en arriver là ?

Dormir pour ne plus se torturer. Ne plus les haïr de l'avoir laissée.

Ne plus penser. Tout effacer. Prendre le Bic et la cassette pour rembobiner.

— Alice ?

C'est le père de Cass, cette fois.

— Alice, on a pensé… si tu veux, on peut te cuisiner un plat avec de la viande. Si ça te fait envie on peut faire…

Mais Alice n'écoute pas. Une part d'elle constate avec quelle douceur, quelle patience, quels efforts on l'entoure. Cassiopée lui a laissé son lit, dort sur un vieux futon à ses pieds ou dans la pièce d'à côté entre les piles de linge et des cartons de paperasse poussiéreux. Cent fois elle a pris Alice dans ses bras alors qu'elle sanglotait. Bénédicte et Dalia passent chaque jour, lui apportent de la musique, de la lecture, proposent des sorties.

En temps normal, Alice serait touchée. Elle exprimerait sa reconnaissance. Elle s'en voudrait de tant les inquiéter. Mais il n'y a plus de *temps normal.* Le *temps normal* a explosé, deux détonations sèches dans le soir d'été, puis une dernière derrière les rosiers.

Elle ne parvient même pas à regretter ses sautes d'humeur. On ne fait que l'envelopper d'attentions et d'amour, pourtant. Mais que valent les attentions, l'amour de ces gens, face à ce qu'elle a perdu ? Que valent les chansons de Dalia, les magazines de Béné ? Que valent les fraises, les bulles de savon, les surprises d'Orion ? Stupide Orion qui un soir, espérant l'égayer, lui a rapporté un bocal plein de lucioles capturées au jardin. Alice a fondu en larmes, Cassiopée a hurlé :

— Ça lui fait penser à chez elle, abruti ! Elle a des lucioles en plastique sur sa table de nuit !

Le garçon a voulu se rattraper, a cru aider en allant chercher les figurines phosphorescentes. Et Alice l'a insulté, traité de tous les noms. N'avait-il donc pas compris ? Elle ne voulait rien, rien, rien qui vienne de sa maison. Ni linge, ni vêtement, ni livre, pas même une photo de ses parents. Rien. Rien qui ait été en contact avec l'air de là-bas, avec ses molécules viciées, ses atomes poisseux de fumée, de sang et de mort. Elle a ordonné qu'il rapporte les jouets d'où ils venaient. Orion est parti la tête basse, comme un chien qu'on repousse parce qu'il sent mauvais.

— Alice ?

Dalia s'assied au bord du lit, pose une main légère sur l'épaule de son amie.

— On a fait un gâteau, Alice, un clafoutis, on s'est dit que peut-être tu aimerais…

Mais Alice n'aimerait rien, n'aimera plus rien, jamais. Elle gardera les yeux fermés et le cœur clos. Ne pas ressentir pour ne pas souffrir. Ne pas écouter ceux qui veulent évoquer. Et si Nour revient à la charge, avec ses yeux rouges et son air désolé, elle l'enverra de nouveau balader. Il n'y a pas de tristesse à partager.

— Alice ?

Cassiopée se glisse dans la chambre, attrape le plateau auquel son amie n'a pas touché et ronchonne :

— Tu fais chier, Alice. Je te laisse un paquet de chips, t'as intérêt à bouffer. Et bois de l'eau !

Alice ouvre les yeux et durant une seconde, une merveilleuse et brève seconde, elle se demande pourquoi son amie lui ordonne de boire et manger. Puis la réalité la rejoint, comme chaque fois, et défile en accéléré : la terrasse, les rosiers, sa mère, son père ; Orion qui débarque, puis les pompiers, puis la police ; les questions auxquelles elle ne sait pas répondre ; les voisins vautours qui cherchent des infos ; les familles des filles, en rempart et en concertation. Où emmener l'orpheline ? Qui se charge de la rescapée ? Les bras d'Orion, le lit de Cassiopée. Dormir. Oublier.

— Alice ?

Alice a la bouche pâteuse, une barre derrière le front. Qui l'appelle cette fois ?

— Je voulais te prévenir, Alice. Il va y avoir du bruit bientôt, des détonations.

Alice se raidit mais la voix la rassure :

— Ce sera juste le feu d'artifice. Et je resterai à côté de toi. Tu veux des chips ? Tu peux t'asseoir ?

Alice constate que la nuit est tombée. Elle bascule sur le côté, tous ses muscles protestent mais l'odeur des chips la fait saliver.

— Tiens, redresse-toi… et prends un peu d'eau d'abord…

Alice saisit la tasse qu'Orion lui tend, boit maladroitement.

— Et maintenant, un peu de gras et de sel pour te requinquer. J'ouvre le volet ?

Au moment où Alice croque sa première chips, une gerbe de paillettes rouges éclate dans le ciel de juillet.

— Je t'ai monté une part de clafoutis. Je n'ai pas osé mettre de bougies…

Alice avale une poignée de chips. Pourquoi des bougies ? Des étoiles bleues, vertes, orange, s'étalent et disparaissent dans l'obscurité. Le feu d'artifice du 14 Juillet. Et elle réalise soudain. Elle a dix-huit ans aujourd'hui.

16.

— D’accord, a répété maman. Je crois que je ne vais pas vous embêter plus longtemps avec…

— Mais on a changé d’avis ! s’est écriée Brigitte.

— Ah, a fait maman en me lançant un regard qui disait « je le fais pour toi mais ça commence doucement à me saouler ».

Les parents de Béné, cependant, développaient en duo :

— D’abord à cause de cet homme que Bénédicte et Dalia ont croisé sur la plage.

— Quand elles nous ont parlé de lui, elles ont aussi raconté ce qui s’était passé à Hendaye l’été où Imogen et Christian vous avaient toutes emmenées en vacances.

— Nous avons alors appris que Christian s’était plaint de la conduite d’Imogen auprès de notre fille…

— Notre fille âgée de dix-sept ans !

— … et nous avons trouvé son attitude très inappropriée. De quel droit exposait-il sa vie intime à notre Bénédicte ? C’était totalement déplacé.

— Puis un hiver, il y a de cela quelques années, Nour est passée à la pharmacie.

— Elle avait besoin d'un médicament particulier, qu'il fallait commander, j'étais en ligne avec le grossiste mais la ligne coupait sans cesse. Nous avons dû patienter...

— Et pour faire passer le temps nous avons commencé à discuter tous les trois. La pharmacie était vide, nous avions fermé parce qu'il était vingt heures passées.

— De fil en aiguille, nous en sommes venus à parler de tes parents, Alice, et sans que je me souvienne bien comment ce point précis est arrivé sur le tapis Nour a dit : « Imogen n'avait pas d'amant. »

— C'était sans appel, elle en était absolument certaine.

— Pas d'amant, jamais.

— Elles étaient devenues amies...

— Elles se confiaient l'une à l'autre et nous avons alors appris...

— Nour nous a confirmé, plutôt...

— ... qu'il y avait réellement eu un souci médical qui avait poussé Imogen à interrompre sa grossesse.

— Nous sommes tombés des nues, comme tu peux l'imaginer.

— Nous nous en sommes beaucoup voulu. Nous avions jugé Imogen, supposé qu'elle mentait...

— Un souci médical de quel ordre ? a demandé maman.

Les parents de Bénédicte ont haussé les épaules en simultané – c'était marrant à voir, genre hésitation synchronisée – et ont avoué qu'ils n'en savaient rien, car Nour n'avait pas développé.

— Mais ça nous a fait réfléchir, a repris Brigitte. Nous avons revisité nos souvenirs et avons dû reconnaître que nous avions peut-être fait une erreur.

— Nous avions spontanément pris le parti de Christian, sans chercher à connaître la version d'Imogen.

— Et peut-être que Christian, si l'on se range à l'avis de Nour, avait imaginé la liaison de sa femme…

— Peut-être avait-il un côté paranoïaque, ou même un problème psychiatrique…

— Ce qui pourrait expliquer son passage à l'acte. Nous avons tous été choqués, sidérés même, par le meurtre de ta maman.

— Et nous sommes navrés, Alice. Désolés de ne pas avoir été plus ouverts envers ta mère, de ne pas avoir cherché à connaître les deux versions de l'histoire… Je voyais bien, quand elle venait à la pharmacie, qu'elle avait envie de parler… mais nous avions choisi notre camp, pour ainsi dire…

— Et nous le regrettons sincèrement. Si nous avions pu déceler un signe, un indice de ce qui la menaçait…

— Mais non, a fait maman faiblement. Vous n'auriez rien pu faire, c'est arrivé… d'un coup, personne n'aurait pu…

Elle a laissé sa phrase en suspens et m'a lancé un regard désemparé. Je me suis rapprochée d'elle et ai pris sa main gauche. Elle a commencé à se ronger un ongle de l'autre main.

— Enfin voilà, a conclu Jean-Paul, tout ce que nous pouvions te dire aujourd'hui. C'est peu, évidemment…

— Mais tu devrais prendre contact avec Nour. Si quelqu'un peut t'en apprendre davantage, c'est elle.

Le couple de pharmaciens a hoché la tête de conserve, sérieux et compatissant. Maman a remercié pour ces informations, pour leur accueil – cette nuit et lors des semaines passées chez eux après le drame autrefois – puis ils ont raccroché.

— Ben dis donc, a fait Dalia en reprenant le pain au chocolat qu'elle avait abandonné. Je ne m'attendais pas à ça.

— Ils m'avaient caché cette entrevue avec Nour, a lâché Béné, contrariée. Ils auraient pu me tenir au courant !

— Je me sens mal…, a soufflé maman.

Les filles se sont étonnées mais j'ai tout de suite su de quoi elle parlait. Nour. Nour qu'elle trouvait « collante », qu'elle s'était ingéniée à éviter, autrefois comme la veille. Nour qui avait des informations importantes et inédites à communiquer depuis vingt-deux ans.

J'ai chopé un croissant – délicieux, une dinguerie – et ai attendu de voir ce que ma mère comptait faire. Heureusement, elle a assez vite décrété qu'elle n'avait pas le choix, qu'il fallait trouver Nour et tirer cette histoire au clair. Béné et Dalia ont approuvé, je lui ai lancé mon plus beau sourire de fierté. Le petit déj' fini, on s'est toutes levées pour se mettre en route.

Dans un film à gros budget, on en serait arrivé au moment où les héroïnes partent affronter leur ennemie jurée et sont montrées marchant au ralenti, l'air déterminé et hyperstylées.

En vrai, il y avait bien des lunettes de soleil et des cheveux qui volent au vent mais maman et ses potes affichaient un air moins déterminé qu'anxieux et niveau style, entre les fringues chiffonnées, les cernes et les coiffures approximatives, on tapait plus sur « lendemain de soirée compliqué » que sur « y a pas intérêt à nous chercher ». Enfin, ça ne les empêchait pas d'avancer, toutes trois de front et moi derrière. Nous avons quitté la maison, puis le lotissement, et tourné à droite pour monter vers le centre du village. Et là, d'un coup, juste avant les engins de chantier et l'allée aux hautes herbes, elles se sont arrêtées net. Ma mère aurait-elle eu l'envie subite d'entrer dans son ancienne maison ? Devoir parler à Nour aurait-il rendu l'épreuve plus accessible, en comparaison ? Que nenni. La raison de la halte se dressait devant elles, bien campée dans son jean slim et ses boots cloutées, cigarette électronique au bec. On aurait dit ces scènes de western où les protagonistes se défient du regard – et où il y a toujours un buisson tout sec qui roule en arrière-plan.

— Vous pensez aller où ? a demandé l'obstacle en expirant un gros nuage de vapeur.

Elle était de taille moyenne, fine et sèche, avec des cheveux bruns raides et un long nez busqué. Je l'ai tout de suite reconnue, pour l'avoir vue sur les quelques photos que maman m'avait montrées. C'était la quatrième de la bande, la grande gueule, le C de leur ABCD. Cassiopée.

Août 1997

Alice surveille le réveil. Huit heures dix-sept : ça ne devrait plus tarder. Encore un peu de patience... voilà. La porte a claqué, les parents de Bénédicte sont partis pour la pharmacie. Alice sort de la chambre, descend l'escalier sur la pointe des pieds et saute la dernière marche, qui grince, pour ne pas risquer de réveiller Béné. Dans la cuisine elle se prépare un bol de Benco qu'elle emporte au salon, où elle allume la télévision. « Enfin tranquille », soupire-t-elle en cherchant les dessins animés.

Elle a passé les deux premières semaines d'août en Grèce avec la famille de Béné. L'éloignement lui a plu, au moins au début. Avec quelques centaines de kilomètres entre elle et le village, elle se sentait moins oppressée. Le pays l'aurait presque séduite avec son soleil éblouissant, ses eaux cristallines et son riche passé. Mais partir en vacances avec les parents de Béné s'est vite révélé épuisant. Trop d'excursions, trop de visites, trop de dégustations, trop de tout, tout le temps, et pas un instant de répit pour déprimer tranquillement. Peut-être jugeaient-ils que chez Cassiopée on l'avait assez laissée tranquille. Peut-être avaient-ils lu quelque part que le meilleur remède au deuil était le surmenage. Sans doute étaient-ils parés des meilleures intentions. Mais à présent, Alice n'est pas loin de les détester et ne rêve que d'une chose, retourner chez Cass et Orion, là où on la laissera dormir, zoner, ne pas penser.

Alice tend l'oreille. Il lui a semblé percevoir un bruit à l'étage... Elle coupe le son des Razmoket mais tout est calme dans la maison. Heureusement, car même Béné l'agace, désormais. On dirait que depuis qu'ils sont rentrés, et que Jean-Paul et Brigitte ont repris le travail, leur fille se sent obligée de prendre leur relais. Chaque jour elle prépare un planning. La piscine, la bronzette, les films, éventuellement la lecture... ça peut passer. Mais aller courir ? Faire de la pâtisserie ? À croire que Béné confond deuil et lobotomie. Et puis cette obsession pour la rentrée... C'est très bien de se projeter dans ses études. C'est tout à fait adapté quand on a eu son bac et qu'on souhaite, par exemple, obtenir un diplôme pour exercer plus tard un métier. Mais qu'on ne demande pas à l'orpheline dont l'univers a explosé de dresser un comparatif des différentes facs paloises. L'orpheline, elle trouve à peine tolérable d'être encore en vie. Alors la rentrée et « plus tard un métier », hein...

Alice se cale dans le canapé, son bol de chocolat au lait entre les mains. Elle sait déjà que ce moment sera le moins pire de sa journée. *Mais demain je bouge*, se rassure-t-elle. Demain Cassiopée et ses parents rentreront de leur virée en Bretagne, Alice pourra dire *bye-bye* aux pharmaciens, aux activités de Béné, et à la chambre de Quitterie avec son baldaquin ridicule, ses posters de chevaux et sa collection de poupées. En attendant elle serrera les dents. Et c'est toujours moins déplaisant que d'être chez ses grands-parents lyonnais. Ceux-là, elle n'est pas près de les revoir. Ils ont passé cinq jours au village après l'enterrement, ils n'ont jamais réussi à prononcer les mots « meurtre » ou « suicide ». Pour eux, ce qui s'est passé était un accident. « Notre pauvre garçon, sanglotaient-ils. Notre gentil Christian. » Rien qu'à l'idée de les suivre à Lyon, Alice avait envie de hurler. Les parents d'Imogen ont été nettement moins pénibles, ils ne se sont pas déplacés. Dans une lettre sèche et succincte, ils ont expliqué que, ayant coupé les ponts avec leur fille depuis longtemps, ils étaient navrés pour Alice mais n'entendaient pas s'impliquer.

Deux parents morts, deux grands-parents à l'ouest, deux autres qui ne veulent pas me connaître. Super bilan, songe la jeune fille en avalant une gorgée de son petit déjeuner.

Celle qui s'est montrée insistante, en revanche, c'est Nour. Elle a tenté, encore et encore, d'approcher Alice, l'a invitée maintes fois chez elle pour discuter, mais Alice ne veut pas en entendre parler. Tout est « trop » chez l'infirmière : son chagrin trop visible, son empressement trop envahissant. Imogen et elle se fréquentaient, d'accord, mais on ne devient pas meilleures amies en quelques mois. Et puis son attitude à l'enterrement... cette façon de lui prendre les mains, de la regarder avec ses grands yeux mouillés... Non, Alice ne veut plus voir Nour, ne veut rien entendre de ce qu'elle a à lui raconter. Qu'aurait-elle à dire, de toute manière ? Imogen était une femme admirable ? une belle personne ? Elle trompait son mari mais elle avait ses raisons ? Elle adorait sa fille même si elle lui a menti ?

Alice secoue la tête, proteste de tout son corps : qu'on lui foute la paix !

— *Fuck...*

Son bol a trop penché, du lait chocolaté coule le long de ses doigts et goutte sur sa cuisse. Alice se lève, inspecte le cuir blanc du canapé... intact, heureusement, sinon elle en aurait entendu parler jusqu'à la fin des temps. Elle cherche du regard de quoi s'essuyer. Elle aimerait au moins poser le bol sur la table basse mais les parents de Béné ne rigolent pas avec les auréoles sur le bois ciré. De sa main propre elle ouvre les tiroirs de la table. L'un contient les télécommandes et l'autre... voilà, les magazines de Brigitte. Il suffit d'en prendre un en bas de la pile, elle ne le remarquera pas. Alice extirpe un journal mais au moment de le jeter sur la table elle se fige. Ce n'est pas un magazine féminin, ou de décoration comme elle s'y attendait. C'est un de ces torchons racoleurs où s'exposent meurtres et tromperies. En gros titre il y est écrit : « Drame à Saubanoos : “Elle a fait de moi un homme brisé” ».

Alice pose le bol, ne cherche plus à s'essuyer. Tant pis pour le bois ciré, tant pis pour le chocolat qui coule de long de sa jambe jusque sous son pied, tant pis pour les traces qu'elle étale sur le carrelage. Ne comptent plus, à présent, que ce magazine odieux, ce titre atroce, et l'article qu'elle sait déjà immonde mais qu'elle ne peut s'empêcher de chercher. Page douze, tout y est. Le « crime passionnel », les « elle voulait le quitter », « le chagrin lui fait perdre la tête », « il lui offre la mort » et le final classique : « Désespéré, il retourne l'arme contre lui. » Tout ce qu'elle a déjà lu autrefois, dans une autre vie, quand ces journaux n'étaient que des distractions de plage, des sources de frissons bon marché, des petits plaisirs honteux. Tout y est et la nausée la prend à l'idée que d'autres, à Cannes ou La Baule, aient pu passer le temps en lisant son enfer. Son regard se brouille et la page tournoie quand elle saisit au vol un mot nouveau : « plombier ».

« Le plombier confie ». « L'ouvrier, qui est intervenu peu avant le drame, explique ». Que confie-t-il, ce presque témoin ? Qu'explique-t-il avec ses grosses godasses, sa tonne d'outils, son apprenti ? Qu'Imogen était prête à partir, tout simplement. « J'ai vu le sac dans le couloir et Christian m'a dit : "Elle s'en va. Pourtant je n'ai fait que l'aimer. Je lui ai toujours pardonné. Si elle me quitte je suis brisé." »

C'en est trop pour Alice. Elle essuie ses mains sur ce torchon de papier, le chocolat couvre les mots, puis les larmes coulent et diluent encre et lait.

— *Fuck them, fuck them all*, lâche-t-elle entre ses dents.

Elle déchire le magazine en morceaux, de plus en plus petits, jusqu'à en faire des confettis qu'elle jette dans la poubelle de la cuisine. Puis elle remonte se coucher.

17.

— Qu'est-ce que tu fais là ? a aussitôt demandé Dalia, un sourire incertain sur le visage.

— Tu savais qu'on était chez mes parents ? s'est étonnée Bénédicte.

— Géolocalisation, *baby*, a lâché Cassiopée. Tu as oublié qu'on partage nos positions ? De cette façon, je sais toujours où sont mes amies.

Elle a tiré une grosse bouffée de sa vapoteuse, tout en fixant maman droit dans les yeux. Maman qui, de son côté, avait repris son entraînement à l'apnée.

— Tu ne bosses pas ? a interrogé Dalia, mal à l'aise. Je croyais…

— J'ai annulé mes consultations. Je me suis dit que c'était trop con. Alice de retour au village, et moi qui ruminais à Bordeaux…

Maman a sursauté à son prénom, puis s'est souvenue de respirer et a porté un ongle à sa bouche. Cassiopée poursuivait :

— C'était trop bête de manquer l'occasion. Alice ici, il fallait que je vienne. Pour m'assurer qu'elle n'approche pas mon frère, déjà. Et s'il y a moyen que je lui exprime tout le mal que je pense d'elle, je considérerai ça comme un bonus. Alors ? Qu'en dis-tu, Alice ? On se prend un café ?

— Cass..., a soupiré Dalia. Sois pas comme ça. C'est pas facile pour elle et...

— Pardon ? l'a coupée Cassiopée. Qu'est-ce qui est difficile pour Alice, exactement ? Se pointer comme une fleur après vingt ans de silence ? Débarquer comme si de rien n'était ? Se faire promener par vous, distraire par vous, consoler par vous, alors que c'est elle qui nous a plantées autrefois ? Vous avez oublié ou quoi ? Elle a disparu du jour au lendemain, sans un mot, sans un coup de fil, sans une pensée pour nous, ni pour aucune des personnes qui l'avaient ramassée à la petite cuillère après la mort de ses parents !

— Arrête, Cass, a intimé Bénédicte.

— Elle s'est barrée, putain ! Juste quand on croyait l'avoir retrouvée, *paf!* elle disparaît ! Comment vous pouvez lui pardonner ça ? Alors qu'on l'a attendue, tous les 14 Juillet, pendant des années, autour d'un putain de feu de camp ! Comment vous pouvez prendre sa défense ?

— C'est bon, Cass, a dit calmement Dalia. Ta position est claire, on a saisi, pas la peine de continuer.

— Tu as raison.

Maman avait dit ça d'une voix tremblante mais forte. Les trois autres l'ont dévisagée, elle n'a pas flanché et a répété :

— Tu as raison, Cassiopée. Je mérite toute ta colère, tout ton mépris, je n'ai aucune excuse pour ce que je vous ai fait.

— Bien sûr que si..., a commencé Dalia.

— Non, a fait maman en s'efforçant de soutenir le regard de Cassiopée. Aucune excuse. J'aurais dû expliquer pourquoi c'était trop dur pour moi de rester. J'ai été lâche.

— À la bonne heure, a grincé Cassiopée en tirant une nouvelle bouffée sur sa e-clope.

— J'ai été lâche, sur le moment et toutes les années qui ont suivi. J'ai voulu vous contacter mille fois. J'ai essayé d'appeler, d'écrire, mais j'avais honte, et plus le temps passait pire c'était, et plus j'avais honte moins j'étais capable de reprendre contact... Vous me manquiez tellement, pourtant. Ce que j'ai perdu en vous quittant... Mais ce que j'avais fait était impardonnable et au bout d'un moment... j'ai abandonné l'idée de vous revoir un jour. J'espérais simplement que vous alliez bien, que vous étiez heureuses. Que vous m'aviez oubliée... Même en sachant que j'allais revenir au village, je n'ai pas eu le cran de vous recontacter. J'avais trop peur de vos reproches, c'était plus simple de... ne pas me confronter. Et je suis infiniment reconnaissante à Bénédicte et Dalia de leur accueil, de leur gentillesse... de me faire croire que je peux être pardonnée. Mais je sais pertinemment que ce n'est pas le cas et tu as raison, Cassiopée. Tout ce que tu as dit est vrai. Et je suis désolée. Pour ma fuite, mon silence, le souci que j'ai pu vous causer, à toi, tes parents, Orion... Je suis désolée. Et je te promets que je vais m'empresser de ressortir de ta vie. De vos vies à tous.

— Mais non! s'est offusquée Dalia. Je ne veux pas que tu redisparaisses, moi!

— On n'a rien demandé de tel, a ajouté Bénédicte. Nous sommes très heureuses de ton retour.

— Et moi je veux qu'elle dégage, a articulé Cassiopée. Je refuse qu'elle approche mon frère. Orion va bien, il est satisfait de sa vie, il est hors de question qu'elle se pointe et foute tout ça en l'air.

— Je te promets, a assuré maman en faisant un pas vers Cassiopée, que la dernière chose que je souhaite est de blesser Orion. Je ne l'approcherai pas, je ne lui parlerai pas, et si vous ne le lui dites pas, il ne saura même pas que je suis revenue. Mais je ne peux pas partir tout de suite. J'en suis navrée, Cassiopée, mais je dois rester au village pendant quelques heures encore. Parce que je suis revenue avec la mission d'entrer dans la maison de mes parents, affronter ma peur et me débarrasser, j'espère, de ces fantômes du passé. Et la tâche d'aller parler à Nour s'est ajoutée. Alors je ne te demande pas ton pardon. Je ne te demande même pas de croire que je suis désolée, que j'ai honte, que je regrette profondément ce que j'ai fait. Mais je te demande un peu de temps, encore, au village. Et ensuite je te jure que tu n'auras plus jamais à m'entendre ou me voir.

Cassiopée a tiré sur sa vapoteuse, son regard toujours rivé à maman. Puis elle a expiré un nuage de vapeur et a soufflé en même temps :

— Tu fais chier, Alice.

Maman a baissé la tête. Cassiopée a tiré une nouvelle taffe.

— Tu fais chier, a-t-elle répété. Vingt ans que j'attends pour t'engueuler. J'avais tout un speech, de quoi te pourrir pendant au moins une heure en continu. Mais maintenant… limite tu m'as ôté les mots de la bouche. Et puis ta tête, là… T'es chiante, vraiment.

Elle a fait un pas à son tour, ma mère a relevé son visage coupable et ses yeux brillants. Elles se sont regardées. Cass a soupiré, maman a éclaté en sanglots, les deux autres sont venues l'enlacer.

— C'est bon, a grogné Cassiopée. Fais ce que t'as à faire. Mais je t'interdis d'approcher de mon frère ! La dernière fois que tu es partie, il a mis deux ans à s'en remettre !

Maman a hoché la tête tout en continuant de sangloter. Cassiopée a reculé de deux pas, a tiré une nouvelle latte. Puis a soufflé « les boulets… » avant d'essuyer furtivement une larme.

Octobre 1997

Orion entend le parquet grincer et suspend son geste pour écouter. Des pas se dirigent vers la chambre de sa sœur, la porte s'ouvre, se referme. C'est Alice qui vient de rentrer.

Le jeune homme reprend son ouvrage avec précaution. Il ne veut pas qu'Alice l'entende, encore moins qu'elle vienne voir ce qu'il fait.

Il attrape un carton, le pose délicatement contre la cloison, passe au suivant. La pile monte mais son nez le chatouille, ses yeux larmoient et il doit déployer de gros efforts pour ne pas éternuer. « Presque fini », se réjouit-il en essuyant sa joue du dos de la main. Des années de bazar s'entassaient dans cette pièce, et, par-dessus, des années de poussière. La « chambre du fond », comme on l'appelle ici, ne voyait pas souvent l'aspirateur. C'était un débarras où échouaient les objets à réparer, les vêtements à repriser, les papiers qu'il-faut-conserver-mais-qu'on-ne-consulte-jamais. Depuis qu'Alice est arrivée, Cassiopée y a parfois déplié un matelas mais elle se contentait de pousser un tas de ceci ou une pile de cela en espérant ne pas se retrouver ensevelie dans la nuit. Or cette pièce aura bientôt une nouvelle fonction : elle va devenir la chambre d'Alice.

Elle n'est encore au courant de rien, Orion et ses parents ont profité de ses absences pour trier, jeter, donner, vider. Il ne reste plus que quelques cartons à fermer et descendre dans la grange. Après un ménage en profondeur, un bon coup de peinture et l'installation de meubles, Alice disposera – enfin – d'un espace à elle dans la maison. Puisque c'est dans ce foyer qu'elle se sent le mieux, puisqu'elle a choisi d'y rester, et après ce qu'elle a traversé… c'est le moins qu'on puisse lui offrir. Ainsi elle aura un lit à elle, et une armoire pour la garde-robe qu'elle commence à se reconstituer. Une étagère pour les livres et, quand elle aura choisi dans quelle fac elle veut s'inscrire, ses manuels et ses cours.

Orion s'assied sur le plancher et se demande si un tapis ou une descente de lit ferait plaisir à Alice. Et si oui, de quelle couleur ? Son père et lui doivent aller à Emmaüs dans la semaine pour chercher le mobilier. Faut-il aussi prévoir un bureau ? Dans la famille, on est plutôt informel, Orion faisait ses devoirs sur la table de la cuisine, Cassiopée s'installe souvent sur son lit. Mais Alice ?

Orion observe par la fenêtre les feuilles dansantes du bouleau. La lumière est belle, dans cette pièce. C'est dommage de l'avoir laissée inoccupée si longtemps. Mais cette erreur sera bientôt réparée. Il faudra suspendre des rideaux. Trouver un abat-jour pour le plafonnier. Bien sûr, tout sera d'occasion, le choix sera limité, mais Orion est confiant. Depuis qu'il a fini le lycée, il a surtout travaillé à l'extérieur. Le jardinage lui plaît énormément : retourner la terre, modeler les espaces, planter et voir la nature faire son œuvre, l'accompagner pour la magnifier… Mais avec ce projet de chambre, il se découvre la nouvelle passion de chiner des objets, les réparer au besoin, leur offrir une seconde vie. Dans le bric-à-brac qui encombrait la pièce, il a déjà pioché une petite lampe, dont il a refait le montage électrique, et une étagère en rotin qu'il a décapée et vernie. Ces actions lui ont procuré une intense satisfaction. Mieux: alors que depuis la mort d'Imogen, et la destruction de la roseraie, il avait perdu tout enthousiasme et toute créativité, à présent il bouillonne d'idées. Lorsqu'il tond une pelouse, il imagine des tringles en bois flotté. Lorsqu'il taille des haies, il réfléchit à des pochoirs pour habiller le haut des murs. Tandis qu'il désherbe une cour, un potager, des parterres, il songe aux couleurs qui s'harmoniseraient le mieux avec le miel du parquet.

La porte d'à côté s'ouvre, des pas traversent le palier puis descendent l'escalier. Orion se lève, s'approche de la fenêtre et voit Alice sortir de la maison. La jeune fille porte une vieille jupe en cotonnade imprimée que la mère d'Orion lui a donnée, et un tee-shirt qui a dû appartenir à l'une des sœurs de Bénédicte. « Bientôt », promet le jeune homme en regardant les longs cheveux blonds, la silhouette dansante s'éloigner. « Bientôt tu seras tout à fait chez toi. »

Alice s'éloigne de la maison et se dirige vers la grange. Discrètement, elle jette un coup d'œil dans le bâtiment. Comme elle le pensait, le nombre de cartons y a encore augmenté. Elle sait qu'ils ne peuvent provenir que d'un endroit: la chambre du fond, *alias* le capharnaüm des objets oubliés. Depuis qu'elle a remarqué que cette pièce, habituellement grande ouverte, était fermée à clé, elle se doute du projet. Mais comme Orion et ses parents ne lui en parlent pas, et s'arrangent pour aller dans la pièce discrètement, elle en a déduit qu'il s'agissait d'une surprise. Elle joue donc le jeu et, dans la mesure du possible, les laisse travailler en paix. Par exemple là, tout de suite, elle aurait bien aimé regarder un film avec Orion. C'est pour le lui proposer qu'elle est montée à l'étage, mais en l'entendant se déplacer tout doucement derrière la porte verrouillée, elle a préféré ressortir. Elle n'est pas particulièrement pressée de quitter la chambre de Cassiopée. Le pouf en fausse fourrure, le lit-coffre branlant, le futon usé et les tas de cassettes ont un côté rassurant. Mais Cassiopée, même si elle essaie de ne pas le montrer, sature de cette cohabitation. Les week-ends où elle rentre de Bordeaux, avec ses ballots de linge sale et ses piles de bouquins, il est difficile de circuler dans le petit espace et Alice la sent bouillonner quand ses affaires ont été déplacées. Il est temps de lui rendre son intimité.

Alice marche vers le bois. La jupe longue lui balaie les chevilles et accroche les feuilles rousses qui jonchent le sol. L'idéal, songe-t-elle, serait que la nouvelle chambre soit prête pour les vacances de la Toussaint. Ainsi Cassiopée pourrait s'étaler à loisir, réviser ses cours toute la nuit sur son lit si elle en a envie. La première année de médecine a l'air tellement difficile. Cass a raconté que, dans l'amphithéâtre, les élèves redoublants empêchent les nouveaux d'écouter en faisant du raffut, en criant « sélection » pour les déstabiliser. « Rien à battre, assure Cassiopée. Je vais tous les défoncer au concours. » L'aspirante médecin est déterminée, et tout le temps qu'elle ne passe pas derrière sa caisse à la supérette est dévolu aux cours, aux révisions, à la bibliothèque, au tutorat.

Une merlette s'envole soudain et passe tout près d'Alice. Elle ne l'avait pas vue, camouflée dans l'herbe presque à ses pieds. La jeune fille suit du regard l'oiseau et réprime un sourire. Elle vient de repenser au film qu'Orion lui a montré la veille. Que disait le personnage ? « Pigeon, oiseau à la grise robe... » Orion a racheté à un copain, à la fin de l'été, une vieille télé et un magnétoscope. Depuis il enregistre tous les films qui l'intéressent et a décidé d'en faire bénéficier Alice. Avec lui, elle explore tout un pan du cinéma qui lui était inconnu, avec des films de science-fiction, de fantasy, de super-héros. Elle a accepté parce qu'elle n'avait rien de mieux à faire, les filles étant très occupées depuis la rentrée, mais a découvert qu'elle aimait plonger dans ces univers surprenants, différents, extravagants. *Star Wars* et *Dune* l'ont transportée si loin qu'elle s'en est sentie allégée. *Mad Max*, *Blade Runner*, *Brazil* lui ont donné à voir un quotidien pire que le sien. Et son rire, le premier franc et bruyant depuis le drame, a jailli alors que le Terminator Arnold Schwarzenegger apprenait à s'exprimer comme un humain et lançait « reste cool, sac à merde ». D'autres rires viendront, sûrement. Peut-être qu'avec le temps elle parviendra à ne plus les vivre comme une trahison.

18.

Nour n'a pas eu l'air étonnée, quand elle a ouvert sa porte et nous a trouvées devant elle. Nous formions pourtant une drôle d'assemblée : quatre femmes et une ado plantées au seuil de sa maisonnette – une les yeux rouges d'avoir pleuré, une autre qui reniflait par empathie, une troisième qui tentait de rendre sa robe présentable, la quatrième venait juste de déclarer « c'est fou comme tu ressembles à ta grand-mère » et la dernière – moi – répondait d'un joyeux : « Il paraît ! »

En guise de bonjour, Nour a lancé :

— Pas trop tôt.

Puis elle s'est effacée pour nous laisser entrer et nous a indiqué le salon en ordonnant de nous installer. Nous avons pris place en silence, quatre alignées sur un canapé et Cassiopée assise à côté dans un fauteuil. Nour est revenue après quelques minutes, portant un gros plateau chargé de tasses, de cuillères, de sucre, de lait. Dalia s'est empressée de faire de la place sur la table basse, Béné a saisi le lourd plateau et l'a déposé avec précaution entre les piles de livres et de journaux. Sans un mot, Nour est repartie chercher la cafetière. En revenant elle s'est assise en face de nous, dans un fauteuil en rotin, s'est préparé une tasse de café au lait très sucré, et a intimé « servez-vous » avec un geste qui signifiait qu'elle avait accompli sa part en tant qu'hôtesse. Elle s'est rencognée dans son fauteuil, les bras croisés. Elle portait de nombreux bracelets, les cheveux gris très court, un genre de longue tunique brodée et un air assez peu aimable. Elle a dévisagé maman, puis moi, et a soufflé :

— C'est vrai que tu lui ressembles, gamine.

Puis elle a vidé sa tasse d'un trait, l'a reposée sur le plateau et a annoncé :

— On ne va pas tergiverser, ça fait assez longtemps que j'attends. Je démarre.

Je crois que tout le monde a eu son petit instant d'apnée dans la pièce. Maman a hoché la tête et Nour a prévenu :

— J'ignore si ce que je m'apprête à te dire va te faire plus de bien que de mal, mais je crois malgré tout que la vérité importe et que tu dois la connaître.

Maman a opiné de nouveau. Elle aurait probablement commencé à ronger tous ses ongles un à un si Dalia d'un côté, et moi de l'autre, ne lui avions pris les mains.

— La première chose que je dois te dire, Alice, a débuté Nour, c'est que ta mère était une femme d'un grand courage. Elle n'avait pas eu une enfance heureuse, nous avions ça en commun. Et elle voulait absolument t'offrir plus et mieux que ce qu'elle avait connu. Ton bonheur passait avant le sien et jamais elle n'aurait fait quoi que ce soit qui puisse te nuire.

Maman a esquissé une moue, mais elle a gardé le regard fixé sur le sol entre le canapé et la table basse. Nour continuait :

— Quand ta mère est tombée enceinte, ça l'a rendue très heureuse. Elle rêvait depuis longtemps d'un second enfant mais ça n'avait jamais fonctionné. Elle avait fini par abandonner tout espoir, alors elle a vécu cette grossesse comme un miracle. Ton père n'était pas aussi enthousiaste. Il s'inquiétait de leur âge à tous les deux, de leur capacité à gérer un nouveau-né, à replonger dans les couches et les nuits sans sommeil. Mais Imogen était folle de joie et ces arguments n'ont pas porté. Il est revenu à la charge, plusieurs fois, pour la faire changer d'avis. Et puis un matin, alors que tu étais au lycée, il est resté chez vous au lieu d'aller travailler et a annoncé à ta mère que, s'il était réticent à l'idée d'accueillir un nouvel enfant, c'était parce qu'il n'était pas sûr de pouvoir s'en occuper. Il craignait de ne pas être capable physiquement de le porter, le changer, *et cætera.*

Maman a levé la tête.

— Pas capable ? a-t-elle répété. Mon père ? Il était en pleine forme.

— C'est ce que ta mère lui a répondu. Mais il lui a avoué que, même s'il avait l'air en forme, pour le moment, ça pourrait changer dans les mois à venir, car on lui avait trouvé une tumeur au pancréas.

Maman s'est tournée vers ses amies et les a toutes regardées successivement. Cass a haussé les épaules, Dalia a ouvert de grands yeux, Béné a fait : « Oh… c'était lui qui était malade, alors ? C'était ça, le problème de santé ? »

— Il a expliqué à Imogen qu'il ne lui en avait pas parlé plus tôt pour ne pas l'inquiéter mais que le pronostic était mauvais. On lui avait proposé un traitement expérimental. S'il fonctionnait, il avait de bonnes chances de s'en tirer. Dans le cas contraire, son espérance de vie se comptait en mois. Et selon lui, il fallait vraiment qu'elle se demande, dans l'éventualité où il mourrait, si elle se sentait prête à élever seule un nouvel enfant.

— C'est pas possible…, a murmuré maman.

— Elle a choisi de mettre un terme à sa grossesse, pour pouvoir se concentrer sur ton père et sur ses soins. Et ils ont décidé ensemble de te préserver en te racontant cette histoire de fausse couche spontanée. Tu avais le bac à préparer, ils ne voulaient pas te perturber davantage.

— Alors c'est pour ça que mon père a passé des semaines au lit ensuite ? a demandé maman d'une voix mal assurée. À cause de sa maladie ?

Nour a hoché la tête et Dalia a glissé :

— C'est vrai qu'on avait trouvé ça bizarre, à l'époque. On croyait qu'il déprimait.

— Alors le bébé… n'était pas de son amant ?

— Ta mère n'a jamais trompé son mari, a répliqué Nour.

— C'est bien ce qu'on pensait, a glissé Bénédicte.

— Et le traitement a fonctionné ? Mon père s'en est remis ?

— Il est entré en rémission, a pu sortir du lit, retourner travailler, espacer les rendez-vous hospitaliers. Son médecin appelait à la prudence, toutefois. Il faudrait le surveiller pendant plusieurs années pour détecter une éventuelle récidive.

— Donc ma mère a bien avorté pour des raisons de santé, a résumé maman, et mon père a eu un cancer secret. Quelqu'un veut du café ? Je vais prendre du café.

Elle a lâché nos mains et s'est servie en tremblant. Puis elle a proposé le breuvage à la ronde, même à moi – ce qui prouve à quel point elle était perturbée.

— Après ça, a repris Nour, ta mère est restée inquiète. Christian avait beau affirmer qu'il était remis, elle se méfiait. Après tout, il avait commencé par lui cacher son cancer et, si elle n'était pas tombée enceinte, ne lui en aurait peut-être jamais parlé. Elle aurait aimé échanger avec le médecin, consulter des comptes rendus, mais ton père restait très discret quant à sa maladie. Il ne l'avait jamais laissée l'accompagner à l'hôpital, par pudeur et par fierté, disait-il. Elle avait essayé de joindre par téléphone le service d'oncologie mais on lui avait répondu, et c'est normal, qu'aucune information ne pouvait lui être transmise de cette façon. Elle a donc décidé, en désespoir de cause, de solliciter mon aide. Comme tu le sais, je travaillais à l'époque au centre hospitalier. Imogen est donc venue me demander si je pouvais, sans trop d'ennuis, consulter le dossier médical de son mari.

24 décembre 1997

— Saleté de Scotch à la con...

Cassiopée insulte le ruban adhésif qui s'est collé au mauvais endroit, le papier cadeau qui se froisse, le bolduc qu'elle n'arrive pas à nouer.

— Je vais t'aider, propose Bénédicte en essuyant ses mains sur son tablier.

— Non! Tu prépares tes biscuits, j'emballe mes cadeaux. Mais d'abord je fume une clope.

Bénédicte regarde son amie quitter la cuisine les sourcils froncés, et dès qu'elle l'estime assez loin souffle à Dalia, qui fourre des dattes avec de la pâte d'amande à côté d'elle:

— C'est sa quatrième cigarette de l'après-midi. Elle est en train de devenir complètement accro.

— Je t'entends! fait la voix de Cassiopée depuis le salon. Occupe-toi de ton cul, tu veux?

— On s'inquiète pour toi, plaide Dalia.

— C'est une sale habitude, affirme Bénédicte en haussant le ton. C'est dangereux, ça coûte cher et ça sent mauvais.

— Fous-moi la paix. J'arrête quand je veux, de toute façon.

Bénédicte et Dalia entendent la baie vitrée s'ouvrir, se refermer, puis le raclement d'une chaise qu'on tire sur la terrasse.

— Si elle laisse encore un mégot au bord de la piscine…, commence Bénédicte.

— Elle est stressée. C'est un concours qu'elle passe cette année. Pas juste des partiels comme nous.

Bénédicte reprend son fouet, son saladier, et recommence à battre ses blancs d'œuf.

— N'empêche que c'est une sale habitude, bougonne-t-elle. Surtout pour une future médecin.

— Tu te sens prête pour les exams ? demande Dalia pour changer de sujet.

Bénédicte pose le fouet et retourne le saladier au-dessus d'elle. Les œufs tiennent, ils sont parfaits.

— J'ai encore pas mal de choses à réviser, répond-elle, mais si je tiens mon planning ça devrait aller. Tu me passes le grand bol ?

Dalia s'exécute tout en fredonnant *Jingle Bells*, Bénédicte verse sucre et noix de coco râpée dans son mélange et attrape la maryse pour mélanger délicatement.

— Tu sais si Alice vient ? demande-t-elle à Cassiopée lorsque cette dernière reparaît, l'air frigorifié et le bout du nez tout rouge.

— Il fait putain de froid, grommelle Cassiopée en frottant ses mains l'une contre l'autre. Aucune idée. Ce matin elle hésitait encore.

— C'est dur pour elle, compatit Dalia. Son premier Noël depuis la mort de ses parents…

— Tout lui donne envie de chialer. Les guirlandes, les chocolats, les chants… On fait hyper gaffe à la maison, on n'a même pas mis de sapin. Mais elle sait qu'ici c'est tout décoré et elle n'était pas sûre de tenir le coup.

Cassiopée chipe un morceau de pâte d'amande et pousse un grognement appréciatif avant de reprendre :

— On va quand même faire les cadeaux à minuit. D'ailleurs c'est le sien que j'ai laissé à moitié emballé. C'est Orion qui l'a acheté, il est sûr que ça va lui plaire mais…

— Qu'est-ce que c'est ? demandent aussitôt Dalia et Bénédicte.

— Un appareil photo. Un truc classe, apparemment, un modèle professionnel qu'il a trouvé d'occasion dans un dépôt-vente. Mais c'était encore vachement cher et ça me saoulerait qu'il ait dépensé autant si ça n'intéresse pas Alice… Perso je lui aurais pris des fringues. Elle a une de ces dégaines en ce moment… Quand elle est sortie ce matin pour les bêtes, elle portait une robe à ma mère, un pull plein de trous et mes vieilles bottes de bouillasse.

— Alice s'occupe des animaux ? s'étonne Bénédicte.

— Tous les jours. D'abord elle nourrit les oies, ensuite elle va vérifier que la jument a ce qu'il lui faut et elle termine en remettant des graines dans les mangeoires à oiseaux. C'était une idée de mon frère, ça aussi. Et je dois reconnaître que sur le coup il a eu raison, parce que non seulement ça donne à Alice une raison de se lever, mais en plus ça a l'air de lui plaire. Alors peut-être que l'appareil photo…

— Tu ne veux vraiment pas que je l'emballe ? tente Bénédicte, que le paquet inachevé agace de plus en plus.

— Allez, fais-toi plaisir.

Bénédicte pose son saladier, se lave les mains, et cinq minutes plus tard tous les cadeaux que Cassiopée a apportés sont emballés.

— Maintenant, tu remets les rouleaux de papier et les rubans dans le placard, et tu me dégages la table de ton bazar, ordonne Bénédicte. J'ai des rochers coco à pocher, et des sablés cannelle à emporte-piécer.

— Et moi de l'anatomie à réviser, soupire Cassiopée. Je range et je file. Merci Béné, t'es une déesse de l'emballage, et de la pâtisserie, d'ailleurs je goûterais bien la pâte à sablés qui a l'air…

— Pas touche ! fait Bénédicte en repoussant la main de son amie. Tu goûteras quand ça sera cuit.

Cassiopée râle mais obéit. Elle rassemble les présents enrubannés dans un grand cabas, enfile manteau et bonnet, hisse sa hotte sur son dos puis, telle une mère Noëlle pressée, redescend vers chez elle en savourant sa cinquième cigarette de l'après-midi.

19.

Maman a ouvert de grands yeux étonnés et Nour a approuvé :

— J'ai fait exactement la même tête que toi, en trouvant ta mère sur le pas de ma porte. On ne s'était pas adressé la parole depuis la première fête dans votre jardin, donc depuis des années. Je fuyais tes parents comme la peste depuis cette soirée, notamment à cause des rumeurs selon lesquelles j'aurais volé je ne sais quoi chez eux. Mais elle était là, alors je l'ai fait entrer. Elle était très gênée mais aussi soulagée, je crois, de pouvoir parler à quelqu'un. Elle n'avait pas vraiment d'amie, elle était assez seule au quotidien. Ça m'a touchée. Je ne peux pas dire mieux que ça. Elle m'a émue, avec sa simplicité et son désarroi. Je ne lui ai rien promis, car ce qu'elle me demandait pouvait me coûter cher. Mais l'avantage de travailler en décalé, c'est qu'on est tranquille pour fouiner et, dès la nuit suivante, je me suis débrouillée pour jeter un œil au dossier médical de Christian. Mais en dehors d'une consultation en dermatologie quatre ans auparavant pour un grain de beauté, il n'y avait rien.

— Je me souviens de ça, a fait maman faiblement. On lui avait retiré un grain de beauté, après il devait protéger la cicatrice du soleil. Mais ça n'avait pas de lien avec la tumeur du pancréas, si ?

— Aucun.

— Alors il avait consulté ailleurs ? Dans une clinique peut-être ?

— C'est ce que ta mère a supposé quand je lui ai exposé mes découvertes. Elle a tenté d'obtenir plus d'informations les jours suivants mais ton père n'a pas dévié de son histoire. Il était suivi au CHU de Pau, en oncologie, par le chef de service lui-même. De mon côté, j'ai essayé de creuser davantage, jusqu'à carrément interroger la secrétaire du chef de service en question. Ton père, en tout cas officiellement, n'avait jamais mis les pieds dans son bureau. Et je revois ta mère assise dans cette pièce, comme toi aujourd'hui, me dire : « Nour, il ne m'aurait quand même pas menti ? Pourquoi il aurait fait ça ? » Elle est repartie complètement chamboulée ce jour-là.

Elle s'est tue et j'ai tenu à peu près trois secondes avant de demander :

— Et alors ? C'était un mytho ou pas ?

Nour a fait « oui » de la tête, maman a expiré « *No way* » tandis que l'ancienne infirmière reprenait :

— Elle l'a confronté et il a fini par avouer. Il n'avait jamais été malade. Il n'avait simplement trouvé aucun autre moyen de la convaincre d'avorter.

— L'enfoiré…, ai-je laissé échapper.

— *No way*, a répété maman.

— Il s'est d'abord excusé. Il disait regretter d'avoir dû en arriver là, mais elle s'était montrée tellement obstinée qu'il s'était senti coincé. Il ne voulait pas de cet enfant. Il ne se voyait pas repasser par les années de galère avec un bébé, puis un tout-petit qui touche à tout, puis les devoirs, les activités... Tu finissais le lycée, Alice, il prévoyait que tu quittes la maison prochainement. Il ne voulait pas « en reprendre pour dix-huit ans ».

Je n'avais plus de mots devant la dégueulasserie du type. Maman est restée muette aussi.

— Ça devait être la période, a fait Cassiopée, où ta mère était super énervée.

— Elle était profondément choquée, a poursuivi Nour. Elle est venue ici un après-midi, s'est assise dans le canapé et m'a dit : « Je crois que je ne pourrai jamais lui pardonner. » Elle était perdue, ce jour-là. Elle comprenait qu'il l'avait manipulée, et lui reconnaissait en même temps le droit de ne pas désirer d'autre enfant. Elle s'en voulait de l'avoir choisi lui, plutôt que son bébé, mais elle ne se voyait pas faire un autre choix quand il était question de soutenir son conjoint malade, peut-être mourant. Elle était blessée, en colère, perturbée. Il lui disait qu'à son âge, de toute manière, la grossesse avait peu de chances d'aboutir. Il prétendait lui avoir épargné des mois d'inconfort qui se seraient probablement soldés par une fausse couche. Elle comprenait l'argument mais dans ses tripes, viscéralement, elle se sentait trahie, volée, et en rage. Et je l'ai vue changer, à partir de ce moment-là. Nous discutions beaucoup, presque tous les jours. Je l'ai vue remettre en question des aspects de sa vie et de son couple, petit à petit. En avoir assez de baisser la tête. Un soir elle et ton père se sont disputés. Elle essayait de lui expliquer ce qu'elle ressentait, il a fini par lui jeter qu'il lui avait rendu service, qu'elle aurait été ridicule en mère gériatrique, et qu'il avait agi par amour pour elle. Qu'il ne faisait que ça de toute manière : récupérer ses bévues, retrouver ce qu'elle perdait, faire preuve du bon sens qui lui manquait. Elle lui a tenu tête. Alors il a annoncé qu'il allait partir quelque temps et qu'une fois seule elle comprendrait à quel point elle avait besoin de lui.

— Et c'est là qu'il s'est barré à Lyon…, a soufflé maman. Nous avons passé deux semaines seules toutes les deux à la maison, elle m'a même emmenée au resto… et à aucun moment elle n'a pensé à me dire ce qui se passait.

— Elle voulait que tu te concentres sur le bac. Et elle souhaitait préserver ta relation avec ton père. Pour elle, leurs problèmes de couple ne te concernaient pas. Il lui avait fait du tort à elle, pas à toi.

Maman a secoué la tête, les yeux fermés. Des larmes commençaient à perler sous ses paupières.

— Tu étais sa priorité, a affirmé Nour. Mais elle avait aussi besoin de reprendre sa vie en main. Les semaines sans Christian l'avaient confortée dans cette idée et elle était prête à le quitter. Et c'est ça, j'en suis certaine, qu'il n'a pas supporté. Il s'attendait à trouver une épouse repentante, et elle voulait s'émanciper. Elle avait même préparé un sac, prévoyant de venir s'installer ici pour quelques jours…

— Il n'a pas toléré de perdre le contrôle, a approuvé Cassiopée. C'est un déclencheur classique chez les hommes qui tuent leur…

Maman l'a stoppée d'un « Arrête » péremptoire avant de se prendre la tête entre les mains. Nous avons attendu, dans le silence du petit salon, qu'elle digère les révélations.

Puis Béné et Dalia ont emporté à la cuisine les tasses, cuillères, le café et le plateau, Nour sur leurs talons, qui n'avait visiblement plus rien à ajouter. Cass est sortie vapoter. Je me suis collée à maman dans le canapé et l'ai enlacée.

— Mon chat, c'est vraiment…, a-t-elle commencé.

Puis elle a laissé éclater un très long sanglot, et j'étais tout à fait de son avis.

Se retrouver dehors, dans la rue, sous le franc soleil de juillet, avait quelque chose de surréaliste après la noirceur de ce que nous venions de traverser.

— Qu'est-ce qu'on fait ? a demandé Bénédicte d'un air épuisé. On retourne chez mes parents ?

— Et une balade ? a suggéré Dalia. On pourrait descendre au bois, ça nous ferait du bien de voir des arbres.

— Après ce qu'on a entendu, a répliqué Cassiopée, c'est pas des arbres qu'il nous faut. C'est de la vodka.

Elles sont restées silencieuses un moment, jetant de petits coups d'œil à maman qui n'avait plus ouvert la bouche depuis qu'elle s'était levée du canapé.

— C'est sûr que c'était rude, a fini par dire Dalia. On était parties du principe que Christian avait vrillé comme ça, du jour au lendemain… Que le meurtre était un genre de pétage de plombs…

— Alors qu'il y avait eu d'autres violences avant, a opiné Cassiopée. Pas physiques, c'est sûr. Mais un mensonge pareil… Un avortement forcé… Tu m'étonnes qu'elle ait voulu se barrer.

J'ai réprimé un frisson. Dalia, elle, s'échauffait et a crié :

— Mais quel connard ! Quel sale… manipulateur !

— Les poules, a soudain dit maman.

On l'a toutes regardée et j'ai eu le sentiment que les trois autres, comme moi, se demandaient si ma daronne n'avait pas pété un boulon. Mais elle développait déjà :

— Les poules de Nour, cet été-là. Elles ont disparu. Et avant ça, Nour avait eu ses pneus crevés. C'est arrivé juste après une grosse dispute entre mes parents.

— Mais oui ! s'est exclamée Dalia. Quand elle l'a confronté au sujet du faux cancer, il a dû comprendre qu'elle s'était renseignée, et il savait que Nour bossait à l'hôpital… C'était lui ! Il s'est vengé !

— Ça se tient, a admis Cassiopée.

— C'est pas de la vodka qu'il me faut, a soupiré maman. Pour faire passer des trucs pareils, ça nécessite au moins… je ne sais pas, des drogues, ou du gaz hilarant… ou dormir très très très longtemps…

Je l'ai prise dans mes bras et elle a recommencé à pleurer. Dalia et Béné se sont rapprochées et ont fait bloc autour de leur copine. La première a renouvelé sa proposition de balade en forêt. La seconde a énuméré plusieurs activités susceptibles de les distraire : regarder un film, faire trempette dans la piscine, cuisiner. J'aurais bien rappelé qu'on avait une maison abandonnée à explorer, mais, d'une, ce n'était vraiment pas le moment et, de deux, je dois avouer qu'en ayant une image plus nette de mon grand-père meurtrier l'aura ténébreuse de la maison commençait aussi à me faire flipper.

— C'est bon…, a finalement soupiré Cassiopée en s'approchant à son tour. Je sais ce qu'il te faut, moi.

Elle a relevé le menton de maman, doucement, et a essuyé une larme du bout du doigt.

— Allez viens, la chialeuse. On descend voir mes parents. Ils vont t'ensevelir sous les câlins et les bonnes ondes, ça va te faire du bien.

— Mais tu as dit…, a commencé maman en reniflant.

— Ça ira. Orion n'est jamais là le vendredi midi, il part courir en forêt. Si on ne traîne pas, ça devrait le faire. Allez !

Mars 1998

Le printemps l'a prise par surprise. Un jour le ciel était gris, les arbres nus, les oiseaux muets. Et voilà que d'un coup les plantes se remettent à croître, les moineaux à pépier, le soleil à chauffer ; jonquilles et primevères déploient leurs corolles dans l'herbe douce tandis que les pruniers se poudrent de rose ou de blanc.

Par la fenêtre de sa chambre, Alice contemple le feuillage tout neuf du bouleau : vert tendre sur le fond bleu du ciel. Elle attrape l'appareil photo, observe les branches à travers l'objectif et quand deux mésanges s'aventurent dans son cadre, « clic ! » elle prend un nouveau cliché. Elle savoure un instant cette sensation renouvelée : l'envie. Alice a envie de voir ce qu'elle a capturé. Elle a hâte, même. Elle ferme les yeux et essaie de se rappeler. Sur cette pellicule, il doit y avoir… Les trois petits de Minette, la chatte, en pleine bagarre sur un tricot ; Mijo et Patou, les parents de Cass et Orion, devant leur cheminée ; une matinée au marché avec Patou, ses pots de miel et de confiture bien empilés, les boîtes d'œufs à côté ; Bénédicte qui prépare des crêpes pour la Chandeleur, son sourire ravi quand elle fait sauter la première, un louis d'or dans la main gauche pour avoir de la chance toute l'année ; Cassiopée adossée à la barrière de la jument, une clope au bec et les mains dans les poches ; Orion debout sur son siège au Zénith pendant un match de l'Élan béarnais ; le premier concert de Dalia dans un bar de Pau, son doux profil penché sur sa guitare sous les spots de la minuscule scène ; les trois filles assises sur le capot de la voiture de Béné...

Alice enfile un gilet sur sa chemise de nuit, glisse ses pieds nus dans les vieilles bottes de Cassiopée, passe la bandoulière de l'appareil photo autour de son cou avant de descendre l'escalier. Il est l'heure d'aller nourrir les oies.

Chaque bourgeon, chaque pétale, chaque gazouillis semble l'appeler. Jamais elle n'avait vu, ou jamais remarqué, à quel point la nature renaît après l'hiver ; combien est foisonnant, bouillonnant, miraculeux le printemps. Les oies l'entourent en cancanant tandis qu'elle leur distribue du grain. La jument approche dès qu'elle l'appelle et pose sur le vieux gilet son museau confiant.

— Bonjour ma belle, murmure la jeune femme en caressant le flanc lustré.

Elle aussi, Alice l'a photographiée. Quelques jours après Noël, un matin où de légers flocons tombaient sur le pré. C'est l'image qui lui a le plus plu parmi celles de sa toute première pellicule. Les autres clichés lui ont paru maladroits, ou banals, souvent les deux. Mais la robe grise de la jument, son ombre sur le pré givré et scintillant, avaient quelque chose de magique. Alice avait vu la beauté, un matin de décembre, et la beauté avait reparu des semaines plus tard sur le papier. C'était assez pour lui donner envie de continuer.

Avec la pellicule suivante, en noir et blanc, elle s'était essayée au portrait. Avec celle d'après, elle avait tenté des surimpressions. Et en février, alors qu'Orion l'accompagnait à Pau pour faire développer ses expérimentations, elle était passée à la banque et, pour la première fois depuis que la succession de ses parents avait été réglée, avait osé retirer un peu d'argent.

Avec cet argent, elle avait acheté de nouvelles pellicules, un livre pour comprendre les réglages de son appareil, et avait fini en remplissant à ras bord un Caddie de victuailles à l'Intermarché de Serres-Navailles.

Depuis, elle progresse. Tente, échoue, apprend. Se perd dans la contemplation de la nature. Apprivoise une nouvelle facette de sa personnalité. Goûte l'oubli de soi qui accompagne l'intense observation des autres. Armée de son appareil photo, protégée par lui, elle peut ignorer les chuchotements que son passage déclenche encore au village, et admettre que, si le monde a changé, il n'est dénué ni de sens ni de beauté. Un jour à la fois, image après image, elle avance.

20.

Je crois que j'ai rencontré les personnes les plus gentilles du monde : elles s'appellent Marie-Joëlle et Patrick – mais tout le monde dit Mijo et Patou –, vivent en bordure de forêt à Saubanoos, sont suivies en permanence par deux ou trois chiens aussi affectueux qu'elles et ont enfanté, par un prodige inexplicable, l'être le plus râleur qu'il m'ait été donné de voir, à savoir Cassiopée. Tandis que Mijo et Patou accueillaient maman, l'enlaçaient, l'embrassaient, se réjouissaient de son retour, les chiens sautant gaiement autour d'eux… Cassiopée protestait contre les aboiements. Pendant que Mijo et Patou nous faisaient visiter leur foisonnant potager, montrant avec fierté les lourdes grappes de tomates anciennes, les robustes pieds de rhubarbe, les interminables lianes des cucurbitacées… Cassiopée se plaignait du soleil et des insectes. Et quand Mijo et Patou nous ont proposé de découvrir le gîte d'Orion… Cassiopée a tout simplement décrété qu'elle n'allait pas se retaper la visite guidée et qu'on la trouverait, quand on aurait terminé, « au frais » dans la maison de ses darons.

— Cassiopée, c'est une figue de Barbarie, m'a glissé Mijo en regardant sa fille s'éloigner. Épineuse à l'extérieur, mais toute tendre à l'intérieur.

— Sauf quand elle est avec Fred, a gloussé Dalia. Là, elle oublie les épines.

Maman a ouvert la bouche – je suis à peu près sûre qu'elle allait dire quelque chose du genre « j'aimerais beaucoup voir ça » –, mais elle s'est arrêtée net et a préféré admirer les tournesols qui s'épanouissaient au bout du potager. Patou a ouvert une barrière, nous a fait traverser un verger composé de pommiers, pêchers et mirabelliers, et nous avons débouché de l'autre côté sur un vaste espace circulaire, sorte de clairière bordée par la forêt. Au centre se trouvait un monumental tipi, son ossature de bois tendue de toile blanche se découpant sur le bleu du ciel et le vert des branches. Autour, et à distance respectueuse, étaient disposées d'adorables roulottes de bois aux volets ajourés. Un peu plus loin, au fil d'une prairie, des chalets de toile ou de rondins étaient éparpillés le long d'un chemin ourlé de hautes graminées. Il se dégageait du tout une impression de simplicité et d'harmonie, comme si chacun de ces logements, pourtant pas vraiment béarnais, avait toujours été là, niché dans son écrin de verdure. Je suis restée un temps bouche bée, saisie par la beauté du lieu.

— Et au fond, finissait d'expliquer Patou, après le jardin des simples et la mare, Orion a installé les moutons et les chevaux.

— Et il a tout construit de ses mains, a indiqué Bénédicte. Même le poulailler, ou le chalet-cuisine, ou le chalet-sanitaires.

— J'adore cet endroit, a soupiré Dalia.

Mais maman ne regardait ni les chalets ni l'enclos des chevaux au loin. Elle restait face au tipi, les yeux fixés sur des troncs couchés disposés en cercle devant son entrée.

— Et ça ? a-t-elle demandé en pointant du doigt.

— C'est le foyer, a répondu Mijo. Le tipi sert de salon commun, c'est un espace de convivialité où on trouve des livres, des jeux de société... mais à la nuit tombée, ce que préfèrent nos hôtes, c'est s'installer juste ici, autour du feu de camp.

— C'est, à peu de chose près, l'endroit où nous faisions les nôtres, a précisé Bénédicte.

Je me suis approchée du cercle de troncs, et j'ai essayé d'imaginer un grand feu joyeux à la place des quelques bûches calcinées et du lit de cendre sur lequel elles reposaient.

— Parfois, nous avons la chance de profiter de concerts privés, disait alors Patou.

— Et parfois, une grande médium vole la vedette à la chanteuse, a rétorqué Dalia en riant.

— Une médium ? ai-je aussitôt demandé en retournant au groupe. C'est qui ? Elle fait quoi ?

Il s'est avéré que Mijo était la médium, même si elle préférait le terme de « lien ».

— Quand une personne me consulte, a-t-elle expliqué, j'interroge ses guides. Et en retour, ces guides m'envoient des images, ou des impressions, ou des sensations, que je transmets.

— Mais tu ne faisais pas ça... avant? a interrogé maman.

— Je crois que je l'ai toujours pratiqué, a dit Mijo tout tranquillement. Mais je ne m'en rendais pas forcément compte. Je prenais ça pour de l'intuition, ou un trop-plein d'imagination. J'ai mis du temps à embrasser ce don.

— C'est bluffant, a déclaré Dalia. Et je sais que Cass hurlerait si elle m'entendait mais après ce que j'ai vu autour du feu de camp, je suis persuadée que des choses se passent au-delà de notre compréhension. Je me souviens d'une femme qui avait perdu son...

Elle s'est arrêtée, a fait « Oh ! » avec un air ravi et a annoncé qu'il fallait organiser une séance sur-le-champ. On allait demander aux guides de maman de retrouver son collier.

C'est ainsi que nous nous sommes tous retrouvés assis dans le tipi – très confortable avec ses canapés dodus, ses bibliothèques basses débordant de livres et de plantes vertes – pour une expérience dont je ne savais pas trop quoi penser. Dalia a brièvement raconté la disparition du pendentif chanceux, peu avant la mort d'Imogen et Christian. Mijo s'est concentrée quelques minutes, yeux fermés. Puis elle a dit :

— Il y a du monde. Beaucoup de monde pour toi, Alice.

— C'est... bien ? a fait maman en me lançant un regard mi-étonné mi-amusé.

— Oula ! a fait Mijo en agitant les mains. Pas tous à la fois ! Non. Le collier d'abord.

— Les guides, m'a soufflé Dalia qui était assise à côté de moi, sont des anges gardiens, des esprits qui veillent sur nous.

Je n'ai pas su quoi répondre. Je me débattais encore entre le malaise et la curiosité.

— Alice, tes guides m'envoient des images concernant ton collier, a annoncé Mijo. Je vois une surface lisse. Elle est rouge, brillante.

— C'est la cornaline, a fait maman en regardant Dalia. Tu l'as mentionné ou... ?

Dalia a secoué la tête et Mijo a continué :

— Je vois de la roche, de la roche en fusion, et des pentes de sable noir.

— Alors ça..., a dit maman. Ça ne m'évoque rien.

— C'est ce qu'ils me montrent. La roche, le feu du volcan. Et tout autour le bleu. Le bleu profond de la mer.

— Et vous avalez ça ? a ricané Cassiopée quand nous l'avons rejointe un quart d'heure plus tard dans la cuisine de ses parents. Les esprits qui montrent à ma mère où est le collier ?

— C'est dommage, a soupiré Dalia. Quelqu'un a dû le voler. Si ça se trouve il est à la Réunion, ton pendentif. Ou en Guadeloupe, ou...

— Non mais je rêve..., a soupiré Cassiopée. C'est désespérant. Une honte pour la science et le progrès.

— Avoue que c'est troublant, a tenté maman. La première chose dont elle a parlé, c'est la couleur de mon pendentif. « Lisse, rouge, brillant. »

— Non mais... Alice, enfin ! Elle l'a vu au moins cent fois à ton cou ! Et même au mien !

Maman a baissé la tête. Je crois qu'elle avait vraiment espéré que, quelque part, des « guides » veillaient sur elle et avaient envoyé des images à Mijo pour l'aider. Même si elle avait refusé de leur demander autre chose que la localisation du collier, je sentais que ça l'avait troublée.

— Si on réfléchit…, a commencé Bénédicte.

— Ah! s'est écriée Cassiopée. Un peu de soutien, tout de même!

— … ce n'est pas forcément outre-mer. On trouve des volcans plus près. En Sicile, par exemple.

Cassiopée a sorti sa vapoteuse, l'air consterné. Dalia a pris maman par le bras et a murmuré:

— Désolée, Alice. Je ne voulais pas te créer de faux espoirs, je pensais vraiment qu'on avait une chance…

— Pas grave, a souri maman en se redressant. Au moins, ça m'a changé les idées.

Nous sommes sorties de la maison, à l'intérieur de laquelle les murs épais et les volets clos gardaient la fraîcheur, et avons replongé dans le beau soleil de juillet. Mijo et Patou avaient tiré une table et des chaises à l'ombre d'un bouleau mais nous avons décliné leur invitation à déjeuner. Cassiopée avait prévenu: hors de question de manger là, son petit déj' bordelais était loin et elle ne se contenterait pas du régime végétarien de ses parents. Nous avons donc embrassé longuement le couple avant de le quitter. Les chiens nous ont accompagnées un temps lorsque nous nous sommes éloignées, puis se sont lassés et ont rebroussé chemin.

— Chez mes parents, réfléchissait alors Béné, le frigo est vide. Mais si on va chez moi, je peux préparer quelque chose rapidement et…

— On ne va pas se faire chier à cuisiner, l'a coupée Cassiopée. Je crève la dalle, on va au resto et puis c'est marre.

— À Serres, il y a un libanais plutôt sympa, a dit Dalia. Et si on pousse jusqu'à Pau…

— Et italien? a proposé Béné.

Ses copines l'ont scrutée, l'air suspicieux.

— Tu ne veux jamais aller à l'italien, s'est étonnée Cassiopée.

— Tu te plains toujours que ça manque de légumes, a ajouté Dalia.

— C'est la faute de Mijo, s'est défendue Bénédicte. Avec ses histoires de volcan et de mer, elle m'a fait penser à Naples. Avec Pascal on avait passé un séjour là-bas… les pizzas étaient si bonnes…

— Nous, nous sommes *toujours* d'accord pour des pizzas, a dit maman.

— Parfait, a approuvé Dalia. Et si on va chez Flo, on peut même faire le chemin à pied.

— Adjugé, a lancé Cass. Et puis ç'aurait été dommage de louper ça. Rien que pour la déco, ça vaut largement le déplacement.

Juin 1998

Cassiopée avale une gorgée de Coca, tire sur sa cigarette, s'étire voluptueusement sur le transat puis déclare :

— Putain, les meufs, j'ai attendu ça toute l'année.

— La piscine ? demande paresseusement Bénédicte, allongée sur le ventre à côté d'elle.

Cassiopée écrase son mégot dans le cendrier et secoue la tête.

— Glander. Passer ce putain de concours et ne plus rien foutre pendant deux mois.

— Tu ne bosses pas cet été ? s'étonne Dalia, qui flotte au milieu du bassin, accrochée à une bouée.

— Si, évidemment. Mais castrer le maïs ou faire les marchés, c'est rien à côté d'une première année de médecine. Et surtout, les deux dernières semaines de juillet…

— Les deux dernières semaines de juillet, répète Dalia avec un sourire d'extase, on se barre à Seignosse ! Nos premières vacances juste nous quatre, j'ai tellement hâte !

— On va s'éclater. Je prévois de me taper au moins douze cuites et dix-huit mecs. Il faut bien ça pour rattraper les mois de bonne sœur que je viens d'enchaîner. Ce sera ma récompense si j'ai le concours… et ma revanche si je me suis foirée.

— Tu vas l'avoir, assure Dalia. C'est obligé.

— Y a intérêt ! Dans tous les cas, ce seront deux semaines d'anthologie. *Sea, sex and sun !* D'ailleurs… je sens que c'est là-bas que Béné va perdre sa virginité.

— Tsss, fait Bénédicte sans prendre la peine de bouger. Tout le monde n'a pas le feu aux fesses comme toi, je te signale. Par ailleurs, on n'a toujours pas décidé ce qu'on faisait le 14 juillet.

Trois paires d'yeux se tournent vers Alice qui, assise en tailleur au bord de la piscine, joue distraitement avec son verre vide.

— T'en dis quoi ? lui demande Dalia en se hissant sur la bouée. Feu de camp d'anniv' chez Cass et toi ?

Mais Alice ne réagit pas. Bénédicte énonce alors ce que les deux autres pensent, depuis plusieurs jours déjà :

— Elle est complètement dans la lune, en ce moment.

— Alice ? appelle Dalia en se propulsant vers son amie.

— Dis-le, si on te fait chier, grogne Cassiopée. Alice ! Ho !

— Hein ? sursaute l'interpellée.

— On te parle des vacances. Tu pourrais au moins faire semblant de t'y intéresser.

— Sois gentille, Cass, intime Bénédicte.

— Je… Je rêvassais. Pardon. Quelqu'un veut à boire ? Je vais me resservir un Coca.

Alice se déplie et gagne la maison à grandes enjambées. Elle sait que ses camarades la suivent du regard, Béné les sourcils froncés et Cass les lèvres pincées. Elle se rend compte que ses absences et sa nonchalance agacent ses amies. Et de son côté, elle se sent parfois mal à l'aise au milieu des trois étudiantes. *Ça va passer*, avait-elle d'abord pensé. *Cass rentre juste de Bordeaux, les filles finissent à peine leurs examens. Il faut du temps pour se réhabituer à être beaucoup ensemble.* Mais les jours s'enchaînent et l'habitude ne revient pas. La pseudo-harmonie qu'elle ressentait certains week-ends, quand elle voyait les filles quelques heures par-ci par-là, ne tient pas sur la durée.

Alice entre dans la maison, se rend dans la cuisine, s'appuie à la table et ferme les yeux. Elle aimerait se défaire de ce sentiment d'étrangeté. Elle voudrait retrouver sa place, leur complicité, du plaisir à simplement être ensemble. Mais elle n'y parvient pas. *Peut-être qu'on s'est trop éloignées*, songe-t-elle avec tristesse. Elle ouvre le réfrigérateur sans plus savoir ce qu'elle est venue chercher. Une boisson ? Du répit ? Le courage d'avouer ses envies d'évasion ?

Car elle en est maintenant certaine, elle ne veut pas être à Saubanoos le 7 juillet. Plus la date approche, plus le souvenir de ses parents l'envahit. Les jours longs, les odeurs de barbecue, de chèvrefeuille et de chlore, les cris d'enfants dans les jardins, jusqu'à la texture de l'herbe jaunie sous les pieds… tout lui rappelle le soir du drame. Alice ne veut pas être au village le 7 juillet et, à vrai dire, refuse de vivre un nouvel été en boulet que l'on se refile d'une famille à l'autre. La mère de Dalia a proposé de l'emmener en Algérie en août, quand Mijo et Patou seront absents. Les parents de Béné ont évoqué la côte adriatique. Aucune des deux options ne tente Alice. Quant à ces deux semaines à Seignosse avec les filles…

elle n'en a pas envie. Et c'est peut-être cela, le pire. Comme une trahison supplémentaire, comme un deuil bonus, deux-achetés-un-gratuit, elle s'aperçoit qu'elle a changé bien plus profondément qu'elle ne le pensait. Autrefois ce séjour à quatre lui aurait paru le summum du bonheur. Aujourd'hui, malgré toute la tendresse qu'elle porte à ses amies, il ressemble à une longue punition. Cassiopée prévoit de sortir, boire, draguer. Béné parle de balades à vélo, Dalia de plage et de concerts. Qu'aimerait-elle faire, elle? Marcher dans la nature. Prendre des photos. Dormir. Ne pas parler. *Je suis devenue sauvage*, pense-t-elle en se versant du soda. *Une fille bizarre et renfermée qui n'a rien à raconter. Si j'y vais, je vais gâcher leurs vacances et elles m'en voudront.* Peut-être le sentent-elles déjà. Peut-être Cassiopée est-elle en train de chuchoter, au bord de la piscine: «Elle est devenue chiante, Alice. On ne la comprend plus; on ne la reconnaît plus.» «Sois gentille», dirait Bénédicte. «Elle a eu une année difficile», plaiderait Dalia.

Mais au fond d'elles, elles approuveraient.

Je ne peux pas partir avec elles, raisonne Alice en refermant la bouteille de soda. Mais partir est une séduisante idée... Partir seule, loin du village, voilà qui éveille un soupçon de tentation. Partir avec l'appareil photo et regarder. De nouvelles personnes. De nouveaux lieux. Des gens qui ne connaîtront pas son passé. Quelque part où elle ne sera plus «la fille du meurtrier». Se réinventer, sans le poids de ce qu'elle a été ou subi.

«Je peux partir sans elles», affirme Alice, et cette auto-autorisation la soulage d'un poids. «Je peux partir tout l'été. J'ai de l'argent. Je suis majeure. Qui m'en empêchera?»

Son passeport doit se trouver quelque part chez Mijo et Patou, avec les clés et les autres papiers qu'ils ont cru bon de récupérer et qu'elle n'a pas voulu regarder. Un vestige du drame, de la vie d'avant, un objet souillé. Rien que l'idée de le toucher la révulse mais c'est un effort qu'elle est prête à faire. Pour ne pas être là le 7 juillet. Pour prendre un avion et mettre le plus de kilomètres possible entre elle et cette maison qu'elle refuse de vendre autant que de réinvestir.

Partir, oui. Seule et loin. C'est la bonne solution. Un été de liberté et après… on verra bien.

Alice range le soda dans le frigo. La boisson pétille joyeusement dans son verre. L'air lui semble plus léger, le soleil plus brillant. Les filles comprendront. C'est mieux ainsi, de toute façon. Et l'année prochaine, pour leurs vingt ans, elles feront un vrai, grand, mémorable feu de camp.

21.

Au cours du repas, j'ai appris deux mots. Le premier est « *cornicello* » : il désigne un objet traditionnel napolitain en forme de corne, ou de piment, censé protéger du mauvais sort. Le second est « kitsch » et s'applique apparemment très bien à la pizzeria où nous avons déjeuné.

— Non mais la fresque..., a gloussé maman. La guirlande de piments au-dessus de la baie de Naples c'est juste...

Elle s'est cachée derrière sa serviette, décorée elle aussi de petites cornes rouges, pour dissimuler son hilarité tandis qu'une serveuse approchait.

— Et les plantes en plastique, a-t-elle repris une fois nos boissons servies. Le faux lierre accroché au faux treillage sur fond de fausse pierre...

— Tu es encore plus snob que moi, a noté Cassiopée.

— C'est un peu daté, a admis Dalia, mais on ne vient pas pour la déco.

— Les pizzas de Florent Baigts sont très appréciées, a ajouté Béné.

Maman a levé un sourcil.

— Florent Baigts, ce n'est pas celui qui était au collège avec nous ? Le Florent de Cassiopée ?

— Oh là ! il n'y a pas de Florent de Cassiopée, a aussitôt réagi l'intéressée.

— Celui-là même, a confirmé Dalia avec un sourire taquin. Son grand amour de jeunesse. Son rouleur de pelles de la récré...

Cassiopée a jeté un regard mauvais à Dalia qui a pouffé, et maman a demandé :

— Il n'était pas en formation pour devenir plombier ?

— Il était en apprentissage, mais figure-toi qu'en 98... juste après ton départ pour ton tour du monde, en fait... il a disparu. Ses parents se sont fait un sang d'encre pendant des semaines, jusqu'à ce qu'ils reçoivent une lettre postée d'Italie où Florent leur avouait qu'il détestait la plomberie, et que son rêve était de devenir pizzaïolo.

— Incroyable, a soufflé maman. Florent Baigts qui fugue et veut devenir le champion de la quatre-saisons. Et j'avais loupé cette info !

— Disons que quand tu es revenue de ton périple..., a commencé Dalia.

— On n'a pas vraiment eu le temps de te raconter les cancans, a achevé Cassiopée. Vu que tu t'es barrée aussitôt et que tu n'es jamais revenue.

Maman a fait une petite moue, Béné a rempli son verre de San Pellegrino. Puis les plats sont arrivés. Pour la faire courte, c'était la meilleure pizza de toute ma vie. Orgasme des papilles pour toute la tablée. Plus personne ne parlait. Maman poussait les mêmes soupirs que lorsqu'elle s'offre une pâtisserie de Cédric Grolet. Et Cassiopée, après sa dernière bouchée, a conclu :

— J'aurais dû l'épouser, ce con de Florent.

Dalia a ensuite demandé la carte des desserts et nous avons commandé puis partagé à peu près tout ce qui s'y trouvait.

— Même son café est excellent, a dit maman en terminant son expresso. Il a vraiment bien fait de poursuivre son rêve.

— Justement, le voilà ! a fait Dalia en désignant un homme aux tempes grisonnantes et en veste blanche qui venait de surgir de la cuisine. Tu vas pouvoir le lui dire toi-même.

L'homme s'est entretenu avec un serveur, puis a aperçu Dalia qui lui faisait signe et a rejoint notre groupe. À deux mètres, il s'est arrêté net. Bouche ouverte, yeux écarquillés, il fixait maman avec un air sidéré.

— Ça fait un choc, pas vrai ? a dit Dalia en riant. Alice de retour, vingt ans après !

— C'est... je... vrai..., a balbutié Florent.

— Je te félicite pour ton restaurant, a dit maman en se levant pour lui faire face. Les filles m'ont dit que tu avais beaucoup de succès et c'est amplement mérité. Tout était délicieux.

Florent avait pâli et il lui fallut dix bonnes secondes avant d'arriver à prononcer :

— Merci, Alice.

— Il te reste de l'amaretto ? a demandé Cassiopée. Celui que tu nous as fait goûter la dernière fois ?

Florent a filé en cuisine, maman s'est rassise et a murmuré :

— Je ne pensais pas lui faire cet effet-là. Il semblait complètement flippé.

— On devrait t'amener à Prisca, a suggéré Cassiopée avec un sourire mauvais. J'adorerais effacer l'air satisfait de sa sale face de...

— Amaretto, a annoncé Florent en posant une petite bouteille sur la table. Cadeau. Tout cadeau. Les pizzas, les desserts, tout. C'est la maison qui offre. Et... je voulais te dire, Alice, je suis désolé. Vraiment désolé pour tes parents. C'est très triste ce qui leur est arrivé.

Et il est reparti aussitôt.

— C'était bizarre, ça, a fait remarquer Dalia. D'habitude il est plus... posé.

— Ta mère a toujours perturbé les garçons, m'a glissé Cassiopée en se servant un fond d'amaretto. Celui-là est sorti avec moi au collège mais je te parie que, comme 90 % des gars du coin, il avait le béguin pour la belle Alice.

Quand nous sommes sorties, maman s'est arrêtée pour observer la devanture du restaurant. Le nom « Pizza Napoli » s'étalait sur toute une portion du mur, et dessous était peinte de nouveau la baie de Naples avec son eau bleue, ses maisons colorées et en arrière-plan le cône noir du Vésuve. Là encore les *cornicelli* étaient présents. Certains étaient dessinés mais le plus gros piment, en céramique carmin reflétant le soleil éblouissant, pendait juste au-dessus de la porte d'entrée.

— Finalement, a dit maman, je retire ce que j'ai dit. Ce n'est pas kitsch. C'est la vision assumée d'une Italie rétro fantasmée.

— Exactement, a approuvé Cassiopée. Et on ne s'est pas pété le bide, on a juste bien mangé.

— Et maintenant ? a demandé Dalia. Vous avez envie de faire quoi ?

Maman s'est tournée vers moi, elle a essayé de prendre un air brave et déterminé. J'ai hoché la tête et lui ai tendu la main. Il était temps, enfin, d'aller visiter la maison de ses parents.

22.

Sans grande surprise, la bonne humeur et l'apparente sérénité de maman se sont désagrégées à mesure que nous approchions de son ancienne maison. Elle a recommencé à grignoter ses ongles. Elle gardait les sourcils froncés. Et alors que nous abordions la rue en courbe qui montait à son allée, elle a lancé :

— Vous savez, pour l'attitude de Florent, tout à l'heure... Ce n'était peut-être pas tant le choc de me revoir, que les très mauvais souvenirs que je lui ai rappelés. Il était dans la maison, lui aussi, le jour où mes parents sont morts.

Dalia a hoché la tête, Béné a murmuré « Ça se pourrait ». J'ai demandé si le futur pizzaïolo était là au moment du meurtre et maman a soufflé :

— Non, heureusement. Le plombier et lui étaient partis un peu avant. Et je me suis toujours demandé... à quoi ça rimait, cette intervention du plombier ? Si mon père avait décidé de tuer ma *mum*, de se tuer ensuite... Il avait cette arme, alors c'est prémédité... et j'ai pensé à un moment qu'il voulait me forcer à partir, me mettre à l'abri... Mais maintenant je me demande... est-ce qu'il ne voulait pas seulement un témoin ? quelqu'un à qui dire un peu plus de mal de sa femme ? Puisque visiblement, c'était ce qu'il faisait depuis des mois…

Dalia et Béné se sont rapprochées de maman et la seconde a lancé, d'un ton hésitant :

— Ces histoires d'amant, justement… vous en pensez quoi ? Parce qu'il est clair à présent qu'Imogen ne trompait pas Christian, donc… soit il était paranoïaque, comme l'ont suggéré mes parents, soit…

— Soit il a menti sciemment, a achevé Cassiopée. Je pencherais plutôt pour cette option.

— Donc Christian… aurait raconté qu'Imogen le trompait, tout en sachant que c'était faux ? s'est étonnée Dalia. Pourquoi ?

— Oh…, a fait Cassiopée sombrement. Tu as l'embarras du choix. Pour se donner le beau rôle. Pour attirer l'attention. Pour se faire plaindre. Pour qu'on prenne son parti à lui si elle le quittait.

— Pour justifier un meurtre, a achevé maman d'une voix à peine audible.

Cassiopée a hoché la tête lentement, puis a ajouté :

— Tu vois, je réfléchis depuis tout à l'heure… Et je crois que ton père était un homme très doué. Un salopard de première, mais éminemment discret. Il était aimable, cultivé, courtois, il attirait la sympathie…

— Il avait l'air parfait, a renchéri Béné. Il était si prévenant avec sa femme, il lui faisait de si beaux cadeaux…

— Il cultivait cette image d'homme attentionné, a approuvé Cassiopée. Mais dans les faits… Vous vous souvenez comme il promettait d'emmener Imogen conduire, alors qu'il ne le faisait jamais ?

— Ça me semblait romantique, à l'époque, a acquiescé Bénédicte avec une mine désabusée. Il disait qu'il adorait la regarder regarder la route...

— Et moi ça m'exaspérait. Si elle veut prendre le volant, file-lui les clés bordel !

— Tu as raison..., a expiré Dalia.

— Il exerçait une violence douce. Une agressivité feutrée. En public, il semblait formidable... J'ai vu ça souvent, chez les femmes battues que j'ai pu rencontrer au cabinet.

— Mais Imogen n'était pas battue, a relevé Bénédicte.

— Elle était isolée. Infantilisée. Empêchée. Sans voiture, comment pouvait-elle s'éloigner ? Retrouver un job, une indépendance financière ? Si tu réfléchis bien, la voiture, c'est le verrou de plein d'autres choses. Quand on vit dans un coin paumé comme ici, si on n'est pas véhiculé...

— Le type de la plage ! s'est écriée brusquement Dalia. Il a dit ça, que ta mère se plaignait de ne pas pouvoir travailler !

— Effectivement, a reconnu Béné. Et je crois qu'on l'a déjà dit...

— Mais après ! Tu ne te rappelles pas ce qu'il a dit ?

Bénédicte a fait signe que non et Dalia a insisté :

— Mais si ! Il nous racontait comment Christian lui avait fondu dessus, on a demandé s'il y avait eu des incidents de ce type avant sa mutation à Pau et le type a dit... Souviens-toi...

Bénédicte a secoué la tête de nouveau, agacée, si bien que Dalia a achevé :

— Il a dit que Christian n'avait pas été muté, mais qu'il avait demandé à être envoyé dans l'agence de Pau.

Et il a même ajouté un truc du genre : même si j'adore le Sud-Ouest, et que j'y viens tous les étés…

— Passer de Paris à Pau était une sacrée dégringolade…, a soufflé Béné. Tu as raison, je m'en souviens maintenant…

Je ne voyais pas ce que cette information apportait, aussi maman a résumé pour moi :

— On a toujours cru que mon père avait été muté par sa banque, sans qu'il puisse refuser. Et c'était d'autant plus dommage que l'activité professionnelle de ma *mum* commençait vraiment à décoller à ce moment-là.

— Mais si c'est lui qui a demandé à changer…, ai-je murmuré. En cachant la vérité en plus… Alors c'est qu'il voulait empêcher ma grand-mère de travailler ?

Elles se sont regardées, toutes, comme si elles se concertaient. Dalia a dit « c'est possible », Béné « ce serait cohérent », maman a baissé la tête et Cass a affirmé :

— C'est logique. Et au-delà de ce changement de poste, le choix de ce village est aussi révélateur. Christian bossait en plein centre de Pau. Pourquoi venir s'installer ici, précisément ? C'est loin de tout, pas particulièrement charmant ni couru. On trouve un tas d'autres villages plus proches de la ville, mieux desservis en transports, plus près des lycées et des facs. Un peu plus chers, certes, mais je ne crois pas que l'argent était le facteur limitant. Pourquoi, alors, choisir de s'enterrer dans ce bled ? Il voulait garder sa femme enfermée. Et qu'a-t-il fait d'autre, dans le fond ? Sous prétexte d'amour, ou de protection, il limitait sans cesse son périmètre. Faire le marché au village, ça allait. Cuisiner ? Formidable, ça mérite d'être encouragé. Mais prendre la voiture ?

Retrouver un job ? Gagner de l'argent, son indépendance ? Trop dangereux. Elle aurait pu lui échapper.

— Raconter qu'elle avait un amant, a réfléchi Béné, participait aussi à l'isoler. Punaise, tu as raison, Cass… il nous a tous bernés.

Maman s'est voûtée un peu plus, a marché encore un peu plus lentement. Nous dépassions à peine l'Abribus quand elle a demandé :

— Et la première soirée… vous savez, celle où ma mère avait mis des bougies partout dans le jardin… vous pensez que ça aussi, c'était fait exprès ?

De nouveau ses amies se sont consultées du regard, puis Cassiopée a déclaré :

— Ç'aurait été une façon très subtile de l'empêcher de se faire des amis. Il lui fait organiser une *garden-party* grandiose, tout en assurant lui avoir demandé un apéro décontracté. Elle débarque dans sa robe de cocktail, tout le monde la prend pour une illuminée…

— C'est sûr que ça a fait jaser, dans le quartier, a grogné Bénédicte. Les voisins disaient : « L'Anglaise nous prend de haut, elle se croit encore sur ses défilés de mode. »

— Nour avait pris sa défense, a pointé Dalia.

— Mais avec cette histoire de tabatière volée, ça a stoppé net une potentielle amitié.

— Merci Christian pour ça aussi, si vous voulez mon avis, a ricané Cassiopée. Avec la petite touche raciste en prime… toujours plus facile de charger l'immigrée.

— Alors ça aussi…, a commencé maman. Et je n'ai rien vu…

— Personne ne voyait rien. Ta mère elle-même ne réalisait pas à quel point il la tenait serré. C'est en discutant avec Nour, après l'interruption de grossesse, qu'elle a commencé à en prendre la mesure.

— C'est terrible, a fini par soupirer maman. J'avais déjà un monstre pour père… maintenant j'ai l'impression d'avoir un monstre puissance mille.

— Il n'y a pas de monstre, a énoncé Cassiopée. Il y a un homme, des hommes, qui se croient propriétaires de leurs épouses ou compagnes. Ils veulent les contrôler. Ils pensent avoir ce droit. Ils usent de stratégies pour installer leur emprise, puis pour la garder. Ils mentent, ils manipulent, ils surveillent, ils blessent de diverses façons. On sait ça, aujourd'hui. On connaît les mécanismes. On sait par exemple qu'en cas de féminicide il y a quasiment toujours eu des violences auparavant. Pas forcément physiques. Parfois très bien camouflées. Mais ça n'arrive jamais de nulle part.

— C'est affreux, j'ai soufflé.

— Ce qui est affreux, surtout, c'est de continuer à parler de « crime passionnel » alors qu'il n'y a ni passion, ni même amour. C'est une histoire de possession. De pouvoir et de domination. Il faut arrêter de faire passer ça pour de l'amour. L'amour ne contrôle pas. L'amour n'isole pas. L'amour n'a pas besoin d'enfermer son objet. Quand on tue la femme qui s'apprête à vous quitter, ce n'est jamais par amour. C'est purement de l'orgueil et de la possessivité. Et j'aurais aimé pouvoir te dire ça, Alice, à l'époque. Je regrette qu'on n'ait pas su mieux t'aider.

— Vous étiez là, a dit maman tout bas.

Puis elle a laissé échapper un gros soupir et nous nous sommes arrêtées pour la réconforter. Je l'ai prise dans mes bras, Dalia et Béné sont venues s'agglutiner. Cass a vapoté à côté de nous en maugréant que c'était quand même scandaleux. À l'époque, on n'avait même pas proposé à maman, tout juste orpheline, de parler à un psy.

Quand on a eu terminé la pause-câlin-révolte, on a remarqué qu'on était arrivées devant l'allée.

14 juillet 1999

Alice hésite. La couverture mexicaine plairait-elle davantage à Mijo ou à Dalia ? Elle pousse le lourd tissu rayé et attrape les bougies votives. Ça, c'est facile ; celle décorée de la Vierge est pour Béné, celle avec Jésus pour Brigitte et Jean-Paul et la dernière, avec le Christ tatoué, pour Patou. Les verres à tequila vont à Cassiopée. Quant aux guirlandes de *Dia de los Muertos*… une rejoint le tas de Dalia, avec les maracas en bois, et l'autre est mise de côté avec un cactus en métal martelé.

Le petit lit de la chambre du fond est désormais couvert de souvenirs de voyage. Alice observe ces objets bariolés posés sur les draps délavés dans lesquels elle a si souvent dormi. Elle a hâte d'offrir ces présents à ses amies et à leur famille. Hâte de partager un peu de son périple.

— Le huipil ! s'écrie-t-elle soudain.

Voilà ce qu'elle avait prévu pour Mijo : un huipil brodé, confectionné à la main par une coopérative de femmes dans un petit village du Chiapas. Le rouge et jaune, qui lui irait bien, se trouve… Elle attrape le gros sac de toile qu'elle n'a pas encore fini de vider.

Voilà, les huipils sont là, entre le Tupperware où elle range ses pellicules à développer et les boîtes de macaronis au fromage de sa marque favorite. Alice sourit en repensant au dernier plat de *mac and cheese* qu'elle a dégusté aux États-Unis. Duane le lui avait préparé, sur son réchaud à gaz installé au pied du camion, sur le sol poussiéreux d'un ranch surplombant le Río Grande. Les étoiles avaient tant brillé, ce soir-là... Que fait Duane à présent? A-t-il atteint la Californie? Mais le souvenir du Texan est aussitôt balayé, comme celui de Mitch, de Jose, de Pete, de ceux qui les ont suivis et précédés. Un an de voyage sur trois continents... ça en fait, des nuits étoilées et des garçons vite oubliés. *Et pour Orion?* se demande-t-elle subitement. *Où sont ses cadeaux?* De nouveau elle plonge le bras dans le sac de toile. Elle en extirpe deux chapeaux emboîtés l'un dans l'autre. Le premier, style *cow-boy*, est pour Patou, le second est l'Akubra australien qu'elle cherchait. Dès son arrivée à Sydney, elle a reconnu dans les boutiques le couvre-chef de Crocodile Dundee et s'est promis d'en rapporter un à Orion. À l'intérieur des chapeaux est calée une boîte en bois, qu'Alice ouvre. S'y trouvent un noyau d'avocat, des graines de sapotillier, des pépins de citron caviar... au fil du voyage, dès qu'elle croisait un fruit étonnant ou particulièrement délicieux, elle mettait de côté ses semences pour son ami jardinier. Elle n'a rien étiqueté, ne se souvient plus de la moitié de ce qu'elle a fait sécher, mais ainsi Orion aura la surprise de découvrir ce qui pousse... ou pas. L'odeur du *palo santo*, qui s'était glissé entre la boîte et le chapeau, la ramène d'un coup dans la jungle brésilienne. « Pour Mijo », murmure-t-elle en déposant un des deux bâtons de bois précieux sur la couverture rayée.

De nouveau elle observe le lit sur lequel douze mois extraordinaires se racontent. Douze mois de rencontres, de découvertes, d'aventures, de quête de soi. Comme elle a grandi, depuis l'été dernier ! Comme elle a gagné en assurance et en confiance ! Et la voilà revenue à cette chambre, au bouleau qui étend ses branches devant la fenêtre, au parquet couleur miel si doux sous ses pieds calleux et bronzés. C'est bon, de revenir ici. C'était déjà bon hier soir quand Béné, Cass et Dalia sont venues la chercher à l'aéroport d'Uzein et l'ont serrée fort dans leurs bras. Ça l'était ce matin quand elles ont débarqué avec baguette et croissants. Ça le sera tout à l'heure quand elles se retrouveront autour de la piscine, et encore plus ce soir autour du feu de camp quand elles riront, chanteront, et souffleront ensemble leurs vingt bougies.

Alice dénoue ses cheveux, qui ont blondi et lui arrivent désormais à la taille, et cherche sa brosse pour les démêler. Elle est impatiente d'en savoir plus sur ce qui s'est passé pendant son absence. Elle a téléphoné, bien sûr. Régulièrement elle a pris et donné des nouvelles, autant pour rassurer ses amies que pour vérifier qu'elle n'avait pas le mal du pays. Elle sait que les filles ont toutes brillamment réussi leur deuxième année ; que Cass a un mec depuis trois mois, Dalia le béguin pour le bassiste marié de son groupe, et que Bénédicte pourrait bien avoir rencontré « le bon » ; mais il lui manque les détails, les anecdotes, les potins croustillants. Alice brosse ses cheveux en songeant que l'équilibre est revenu. Elle n'est plus la jeune fille renfermée qui se sentait exclue. Il lui a peut-être fallu un peu plus de temps que prévu, mais elle a retrouvé sa place, et sa légitimité. Peut-être même a-t-elle dépassé ses amies en maturité. Elle ne leur en tiendra cependant pas rigueur. Tout le monde ne peut pas se permettre une expérience aussi exigeante, aussi…

— Alice ?

Elle n'a pas entendu Orion approcher et sursaute en le voyant passer sa tête dans l'entrebâillement de la porte.

— Pardon, s'excuse-t-il aussitôt. Je ne voulais pas te faire peur.

— C'est rien, bégaye Alice.

Elle a tellement grandi, tellement changé ; d'où lui vient cette attitude de midinette effarouchée ? C'est elle qui devrait le perturber ! Elle devrait pouvoir s'approcher de lui, avec lenteur et désinvolture, faire danser ses cheveux, poser une main sur son bras… Voilà qu'elle rougit, maintenant ? Alice porte un ongle à sa bouche, vexée de son propre désarroi. La présence d'Orion l'agace et l'émeut. Son parfum dans la petite pièce, son regard pétillant, ses grandes mains. Il lui a manqué si souvent, pendant son périple. Lui, son rire, ses taquineries, ses films, son amour des animaux et de la terre, ses idées brillantes ou pourries… et tout ce qu'il a fait pour elle. C'est en s'éloignant qu'elle a compris à quel point Orion, plus que tous les autres, l'avait aidée. La reconnaissance qu'elle ressent envers les filles et leur famille se teinte avec lui d'une couleur particulière. D'une envie de le remercier plus…

— Alice ? T'es complètement jetlaguée, ma parole !

Alice sursaute, de nouveau. Elle n'a rien écouté de ce qu'Orion lui disait mais à le sentir là, si près, dans cette petite chambre qu'il a autrefois décorée pour elle, elle n'a qu'une envie, c'est de le voir porter son chapeau Akubra… et rien d'autre.

— Et tu dis que ça s'appelle comment, ce cocktail ? demande Dalia en sentant brûler sa bouche, sa langue et son œsophage.

— Un daiquiri, répond Alice. J'ai appris à les faire à Cuba. Le rhum vient de là-bas, c'est du vrai.

— Putain, expire Cassiopée. Ça arrache.

— Entre ça et le feu de camp, ajoute Dalia, j'ai l'impression que mes joues vont s'embraser.

— Je les ai peut-être trop dosés, dit Alice en riant. Mais continue, Cass. Tu racontais que ton copain…

— Oui, mon mec… Je ne suis pas sûre de le garder. Parce que d'accord, il est plutôt mignon et pas trop con. Par rapport aux autres abrutis de carabins, aux machos obsédés en tout genre qui hantent cette fichue fac, il est même très au-dessus du lot. Mais le gars n'est pas foutu de situer un clitoris. Pour un futur médecin, ça la fout quand même mal.

— Tu peux peut-être lui expliquer ? suggère Alice. Si tu es amoureuse, ce serait…

— Amoureuse ? s'esclaffe Cassiopée. J'ai pas le temps d'être amoureuse. Entre les cours, les TP, mon job, je peux baiser mais pas donner dans le sentiment. Non, moi il me faut de l'efficacité, donc un mec qui ne confond pas les trous ça m'arrangerait. Par contre celle qui est complètement morgane, croque-love, raide-dingue de son mec, c'est notre petite Bénédicte…

— Et je veux tout savoir ! s'enthousiasme Alice en battant des mains. Donc il s'appelle Pascal, il suit le même cursus que toi, il habite à Pau et…

— Et… je l'adore, achève Bénédicte en rougissant. Avec lui tout est simple. Comme si on se connaissait depuis toujours et en même temps, on n'en revient pas de s'être trouvés. Il est gentil, il est beau, il est à l'écoute. Il est respectueux de sa famille, et de valeurs que nous avons en commun. Il est…

— Monté comme un cheval, pouffe Cassiopée.

— … tendre, et patient. Il ne m'a pas mis la pression mais c'est vrai que de ce côté-là, même si je n'ai pas trop de points de comparaison…

Elle laisse éclore un sourire coupable, rougit de plus belle et Alice s'effare :

— Béné ? Ne me dis pas que t'es passée à la casserole !

— Et pas qu'un peu, pouffe Cassiopée. Elle se roule dans le péché tous les week-ends.

— Puisque c'est l'homme de ma vie, se défend Bénédicte, et puisqu'on va se marier, j'estime avoir le droit de… prendre un peu d'avance.

— Vous allez vous marier ? répète Alice, ébahie.

— On aimerait se fiancer le printemps prochain, et nous marier d'ici à deux ans. Ça nous laissera le temps de finir nos études, de trouver des emplois…

— Au fait, lance Dalia en reposant son cocktail, avant que je sois trop pompette pour t'en parler, tu t'es inscrite dans quelle fac, Alice ?

Alice prend le temps de se resservir un peu de rhum avant de répondre :

— Nulle part pour le moment.

Dalia et Cassiopée échangent un regard inquiet.

— C'est embêtant, ça, dit la première. Si tu m'avais prévenue, j'aurais pu faire les démarches pour toi. Mais maintenant qu'on est mi-juillet… Il faut qu'on y aille demain matin, sans faute. Parce que à mon avis, dès la semaine prochaine, tous les secrétariats seront fermés.

— Je ne suis pas pressée, fait Alice avec un haussement d'épaules.

— Pas pressée… de reprendre la fac ? interroge Cassiopée. Parce que tu penses que tu n'as pas assez glandé ?

Un grand silence s'installe autour du feu de camp. On n'entend que les flammes crépiter et les grillons chanter, jusqu'à ce qu'Alice énonce :

— Je n'ai pas glandé. J'ai voyagé. J'ai appris et mûri. J'ai fait des photos. Je n'ai peut-être pas été aussi studieuse que vous trois…

— Tu m'étonnes, la coupe Cassiopée. Un an enfermée ici, un an à fuir autour du globe. Et je parie qu'à aucun moment tu n'as ouvert un bouquin.

— Cass, doucement, prévient Dalia.

— Je n'ai pas fui, rectifie Alice.

— Ah ? Et tu appelles ça comment, toi ? Quand on se barre parce qu'on ne veut pas affronter un truc ?

— Je n'ai pas fui. J'avais besoin de voir autre chose, c'est tout.

— D'accord. Et maintenant que tu as bien vu d'autres choses, tu vas accepter de regarder ce que tu as laissé ici ? Tu vas t'occuper de ta maison ? Tu vas parler à Nour ? Parce qu'elle n'a pas lâché l'affaire, elle. Dès qu'elle va savoir que tu es rentrée, elle va débouler, et tu ne pourras pas l'éviter indéfiniment.

— Cass…, soupire Bénédicte. Elle vient juste de rentrer, tu peux éviter de lui sauter à la gorge ?

— C'est ma faute, lance Dalia. C'est moi qui ai commencé avec la fac alors que ce soir, on devrait se concentrer uniquement sur nos retrouvailles. On est bien, on a mille choses à se raconter, on a un superbe gâteau sur lequel planter nos bougies. C'est génial ! Enfin notre feu de camp d'anniversaires ! Je suis heureuse, moi, vraiment heureuse de retrouver mon Alice. Le reste peut attendre. Hein, Cass ? Il n'y a rien qui presse. Pas besoin de régler tous les problèmes à la seconde.

Cassiopée hésite un moment, contrariée, puis finit par lâcher :

— Ouais. Pardon, Alice. Évidemment tu feras ce qu'il faut, évidemment tu vas gérer, évidemment tu vas reprendre tes études, c'est pas cool de te mettre la pression comme ça. Je suis une conne impatiente et sans tact. Mais qui t'aime. Moi aussi je suis heureuse que tu sois rentrée.

— Ooooh…, s'attendrit Dalia. Moi aussi je suis heureuse ! C'était trop long, un an sans notre Alice ! Je vous aime toutes tellement !

— Câlin de groupe ? propose Béné.

— Jamais de la vie ! râle Cassiopée.

Mais Dalia et Bénédicte sont déjà debout, et s'empressent de tirer par la main leurs amies pour les enlacer. Un grand silence s'installe autour du feu de camp. On n'entend que les flammes crépiter et les grillons chanter jusqu'à ce qu'Alice murmure :

— Je vous aime aussi.

Le lendemain matin, lorsque Orion va toquer à la chambre du fond pour proposer à Alice un café, il trouve la pièce vide et le lit fait. Sur le drap fleuri sont disposés les cadeaux que la jeune femme n'a pas eu le temps de distribuer : une couverture rayée, un bâton odorant de *palo santo*, un cactus en métal martelé…

23.

Elle était là, entre un rouleau compresseur et un énorme tas de sable : l'allée qui menait à la maison de maman. C'était un chemin tout droit, long d'environ cinquante mètres, qui s'enfonçait entre deux haies. Les voitures devaient pouvoir y passer, à une époque, mais à présent l'herbe y était haute, des fleurs sauvages s'y épanouissaient, un arbuste prenait même ses aises en plein milieu.

— *Oh fuck*, a soufflé maman.

J'ai pris sa main et senti qu'elle tremblait.

— Allez, l'ai-je encouragée. Je suis avec toi. Tu vas y arriver.

— On est toutes avec toi, a appuyé Dalia. On ne va pas te lâcher.

Alors nous avons avancé. Je devinais au bout de l'allée un portail en fer forgé, imposant, digne d'un manoir à la *Downton Abbey*. À trente mètres, la main moite de maman glissait dans la mienne, la peinture du portail semblait écaillée. À vingt mètres, on entendait son souffle court, on distinguait le métal rongé par la rouille, et les gonds disloqués. À dix mètres, elle a ralenti sans même s'en rendre compte et j'ai deviné, au-delà des barreaux et entre les nappes de lierre, une mer de ronces, des murs lépreux et tagués, des volets barricadés. À cinq mètres, elle a lâché ma main pour l'essuyer sur son jean et j'ai sorti de ma poche le trousseau de clés. Puis à un mètre, enfin, elle a expiré :

— *The fuck ?*

L'antique portail semblait bien branlant mais l'énorme chaîne cadenassée qui joignait les deux vantaux, elle, paraissait tout ce qu'il y a de plus solide. Cassiopée s'est approchée, a saisi la chaîne, l'a secouée et a tenté de faire bouger le portail à coups de pied.

— Non, a-t-elle déclaré. Zéro chance d'y arriver comme ça.

— C'est Orion qui a dû l'installer, a estimé Dalia. Ou Patou, quand ils ont sécurisé la propriété après les cambriolages.

— Alors il faut les appeler, a décidé Béné en attrapant derechef son portable.

— Ce serait quand même con, a remarqué Cassiopée, d'avoir fait tout ce chemin et de ne pas pouvoir entrer.

Elle a saisi les barreaux et les a secoués violemment, mais elle n'est parvenue qu'à faire tomber des bouts de métal rouillé et à déranger un couple de mésanges qui s'est éloigné en protestant.

— Patou ne répond pas, a annoncé Béné. J'essaie Orion.

— Ah non ! a aussitôt contesté Cassiopée. Laisse mon frère en dehors de ça. Appelle ma mère, plutôt.

Bénédicte s'est exécutée, faisant les cent pas dans les hautes herbes qui s'accrochaient au bas de sa robe fleurie froissée. Puis elle a lancé :

— Elle ne répond pas non plus.

— Alors on attend, a ordonné Cassiopée, et on réessaie. Ils finiront bien par décrocher.

Béné a relancé un appel, Dalia s'est approchée de maman, qui n'avait pas bougé, pour lui assurer que le problème serait vite résolu. J'ai essayé à mon tour de tirer sur la chaîne, de la tordre pour faire céder un barreau, j'ai scruté les poteaux de part et d'autre pour voir si on pouvait les escalader, inspecté la haie au cas où on aurait pu la traverser… peine perdue.

— Toujours rien ? a demandé Dalia à Béné qui poursuivait sa déambulation, le téléphone vissé à l'oreille.

Béné a secoué la tête, tandis que Cassiopée s'est adossée au portail et a sorti sa vapoteuse.

— Vous auriez quand même pu vérifier avant, a-t-elle remarqué en exhalant un gros nuage de vapeur.

Béné a cessé de tourner en rond, Dalia a froncé les sourcils et maman est sortie de sa léthargie pour bégayer :

— Désolée. Je n'y ai pas pensé, et même si j'avais eu l'idée…

— Pas toi, l'a coupée Cassiopée. Je parle des deux autres, là. Vu l'enjeu que c'est, cette baraque, pour toi, elles auraient pu s'assurer qu'il serait possible d'y entrer.

— Comment veux-tu… ? a commencé maman.

— Surtout qu'on était chez mes parents tout à l'heure, s'est agacée Cassiopée. On aurait pu choper les clés du cadenas au passage.

— Doucement, Cass, a intimé Béné. Je te rappelle qu'Alice et Chloé sont arrivées hier.

— Et nous avons été occupées tout le temps, a ajouté Dalia avec un air crispé.

— Peut-être, s'est impatientée Cassiopée, mais vous avez eu trois semaines avant ça pour préparer le terrain. Ça ne vous coûtait pas grand-chose de venir jeter un œil !

Béné et Dalia n'ont rien répliqué. J'ai reculé, subrepticement. Maman s'est figée avec une expression complètement ahurie et a répété :

— Trois semaines... de quoi ?

Et j'ai eu beau faire signe à Cassiopée de se taire, la supplier mentalement de la boucler, elle a enchaîné aussitôt :

— Moi, j'étais persuadée que tu ne viendrais pas. Je pensais que tu n'aurais pas le cran de te pointer ici. Mais les deux autres, elles t'attendaient. Et elles savaient que tu devais entrer dans cette baraque. Chloé leur avait tout expliqué.

J'ai reculé de deux pas supplémentaires. Je pressentais une explosion, la colère – légitime – de ma mère comprenant que je n'avais pas été tout à fait honnête avec elle.

— Chloé ? a-t-elle interrogé en se retournant vers moi.

J'ai tenté un sourire. À ce stade, j'étais foutue, mais peut-être qu'en faisant genre « Surprise ! j'ai retrouvé tes amies d'enfance dans ton dos et manigancé pour que tu tombes sur elles au village, avoue que c'est marrant ! » j'avais une chance d'amoindrir la déflagration.

Elle m'a fixée. Il n'y avait aucune colère dans son regard. Elle était seulement, et intensément, triste et déçue. Pas comme quand je rapporte une mauvaise note, encore moins comme moi le matin. Elle avait l'air de quelqu'un qu'on vient de trahir en grand. Elle a tourné les talons, est partie à toute allure vers la route et loin de moi. J'ai voulu la suivre mais elle a crié sans même se retourner : « Non, Chloé ! Laisse-moi. » Je me suis immobilisée. Cass a alors démarré au petit trot et m'a assuré qu'elle allait gérer.

Maman qui venait de comprendre que je l'avais manipulée ; Cassiopée et sa diplomatie légendaire. Ça ne pouvait pas bien se passer.

24.

J'ai voulu les rejoindre mais Béné m'a retenue – « laisse-leur un moment » –, pendant que Dalia, la mine défaite, s'excusait au nom de Cassiopée :

— Elle n'a pas fait exprès. On lui avait dit qu'Alice n'était pas au courant, que ça devait rester secret, mais c'était au début, juste après que tu nous as contactées... et ensuite on n'en a pas vraiment reparlé puisqu'elle était certaine que vous ne viendriez pas... Elle a dû oublier, jamais elle n'aurait vendu la mèche délibérément... Je suis désolée, Chloé...

Moi aussi, j'étais désolée. Et c'est marrant comme certaines bêtises paraissent anodines tant qu'on ne constate pas l'impact réel qu'elles ont sur les gens. Jusque-là, je savais que ma démarche était discutable mais je m'étais raconté que je donnais seulement un coup de pouce à la chance. Après tout, maman aurait *vraiment* pu croiser ses anciennes copines par hasard au village. Peut-être que si je ne l'avais pas appelée, Béné serait quand même allée voir sa sœur à la pharmacie. Et puis maman était tombée de ce mur sans mon intervention... et elle s'était planquée derrière la voiture de Béné de son plein gré.

Le destin avait pris le relais. Alors qu'avais-je fait, en réalité ? Trois fois rien. J'avais posé quelques questions, fait bosser Google, passé quelques coups de fil... et puis c'est tout. Était-ce ma faute si Bénédicte et Dalia avaient été si faciles à trouver ? à convaincre ?

Debout dans l'allée, au milieu des herbes hautes et des fleurs sauvages, j'écoutais mes complices promettre que tout irait bien, je me répétais que j'avais agi pour aider ma mère et qu'elle le comprendrait, mais une douleur atroce me tordait le ventre. Car ce n'était pas seulement l'altruisme qui m'avait guidée. Je poursuivais ma propre satisfaction, et pour cela j'avais menti, et je l'avais manipulée. Je voulais que maman règle tous ses vieux problèmes, d'un coup, pour qu'elle aille mieux et ait moins besoin de moi. Je l'avais piégée, menée là où *je* voulais. Pour la première fois, je songeai que j'avais peut-être hérité *quelque chose* de mon grand-père meurtrier. Je me fis horreur, instantanément, et j'aurais sans doute fondu en larmes si un gros bruit ne m'avait pas fait lever le nez. Bénédicte était en train de dire :

— J'ai une solution, pour la chaîne. Pascal propose de venir la couper avec une meuleuse, il peut être là dans...

Mais elle aussi s'est tournée vers le bout de l'allée, et la portion de route qu'on apercevait là-bas entre les haies, derrière une moitié de tas de sable et le rouleau du rouleau compresseur. Quelque chose de jaune et massif est passé dans un sens, avec un grondement sourd, puis est repassé en marche arrière avec un bip-bip-bip-bip strident. Puis de nouveau le véhicule est descendu pour s'encadrer entre les haies, et s'est immobilisé.

— C'est un bulldozer ? s'est étonnée Dalia.

— On dirait que le conducteur a bu, a relevé Bénédicte. C'est inquiétant.

Pile à ce moment, l'engin a braqué pour s'engager dans l'allée.

— Mais qu'est-ce qu'il fait ? s'est aussitôt inquiétée Dalia.

— Reculez ! a hurlé Béné en agitant les bras. C'est une voie privée, vous n'avez rien à faire là !

Mais le véhicule continuait à avancer. Le conducteur a même accéléré, levant en même temps la pelle de l'engin, puis la rabaissant, comme pour nous provoquer. L'arbuste qui avait commencé à pousser dans l'allée s'est fait ratiboiser au passage.

— Mais il est fou ! s'est écriée Béné en m'entraînant avec elle contre la haie.

— Ça va pas, la tête ! a hurlé Dalia en plaçant un bras protecteur devant moi.

Le véhicule avançait toujours – pas très vite, en réalité – et nous avons vu l'énorme pelle nous dépasser, toucher le portail, le pousser dans un gémissement de métal malmené… et le faire basculer. Les gonds ont lâché et l'ensemble – les vantaux rouillés, la cape de lierre, la chaîne et son cadenas – est tombé d'un bloc sur la forêt de ronces, derrière. Ce n'est qu'à ce moment que nous avons pensé à regarder qui conduisait. Et la réponse était…

— Maman ?

Elle avait les yeux mouillés de larmes mais l'air hilare, absolument incongrue sur le haut siège de l'engin de chantier. Ses mains agrippaient un volant géant, ses Birkenstock reposaient sur des pédales terreuses. À côté d'elle, un bout de fesse posé sur le même siège et tenant encore le levier actionnant la pelle, Cassiopée était pliée en deux de rire et hoquetait :

— Comment tu l'as défoncé !

— Comme ça, c'est réglé, a fait maman en essuyant ses yeux d'un revers de main. Plus besoin de chercher la clé du cadenas.

Elle s'est laissée glisser au sol et Béné comme Dalia l'ont assaillie de questions. Pendant que maman expliquait avec un petit air modeste et satisfait qu'elle avait « vu les clés sur le contact » et que ça lui avait paru « une bonne idée », je restais en retrait et m'appliquais à ne pas pleurer, ce que j'ai échoué à faire. J'avais eu trop peur, j'avais encore trop honte, le soulagement que je ressentais à voir ma mère de retour et souriante, ou mon ébahissement devant son éradication de l'obstacle, n'effaçaient pas l'énormité de ma trahison.

Un bras s'est posé sur mon épaule, la voix de maman a demandé :

— Pourquoi tu pleures, mon chat ?

— Pardon…, ai-je réussi à dire entre deux sanglots. J'aurais pas dû faire ça dans ton dos, je suis désolée…

Elle a attendu que je me calme en caressant mes cheveux, puis a soufflé :

— Non, tu n'aurais pas dû. Ça m'a blessée, et vexée, et vraiment mise en colère.

— Je suis désolée, ai-je répété.

— Je sais. Et je comprends ton idée. Tu voulais m'aider, alors tu m'as mis le coup de pied aux fesses dont j'avais besoin.

— Pas seulement, ai-je couiné en me remettant à pleurer.

J'étais prête à tout dire, il fallait que sortent le quand, le comment, et l'ignoble pourquoi. Qu'elle sache que j'avais œuvré en douce pour elle, certes, mais aussi pour moi. Mais elle a poursuivi :

— Mais ce qui me fait le plus mal, je crois, c'est de constater que je t'ai laissée, obligée même, à faire les choses à ma place. Ça ne devrait pas aller dans ce sens. Une fille, une adolescente, ne devrait pas avoir à jouer le rôle de la mère. Tu as ta vie à construire, toi. Tu ne devrais pas t'inquiéter pour moi, déjouer mes angoisses, essayer de me réparer. J'ai déconné, mon chat. Dans les grandes largeurs. Mais je veux m'améliorer. Je te promets que je vais m'améliorer. Et j'espère que tu me pardonneras.

Juillet 2003

Paris, le 2 juillet 2003

Chères Bénédicte, Cassiopée, Dalia,

Voilà très longtemps que je ne vous ai pas donné de nouvelles et je voudrais d'abord m'excuser

Alice s'arrête, relit ce qu'elle a écrit. Puis elle attrape la feuille, la roule en boule et l'envoie rejoindre les six précédentes dans sa corbeille à papiers. « C'est nul… », soupire-t-elle. Elle jette un regard à la petite forme emmaillotée sur le grand lit derrière elle, puis recommence :

Paris, le 2 juillet 2003

Chères Bénédicte, Cassiopée, Dalia,

Mes plus chères amies à qui j'ai fait du mal mais qui me manquent terriblement

« Pourri », grommelle-t-elle. Est-il seulement possible d'écrire ce qu'elle ressent ? Y a-t-il des mots pour ce degré de culpabilité ? Quelle serait la formule adaptée pour les personnes qui vous ont le plus aidée, et qu'on a trahies ? *Chères abandonnées ? Mes ex-meilleures-amies ?*

À vous qui avez sûrement envie de m'étrangler, surtout Cassiopée ?

« Stop, s'ordonne Alice. Écris simplement, comme ça vient, on verra après. » Elle prend une nouvelle feuille et calligraphie :

Paris, le 2 juillet 2003

Chères Bénédicte, Cassiopée, Dalia,

Je suis devenue maman. Je sais que j'ai beaucoup à raconter, un trou de presque quatre ans à combler, mais c'est ça le plus important et qui me pousse à vous écrire aujourd'hui : je suis maman. J'ai accouché en mars d'une petite Chloé qui a changé ma vie.

Alice relit et opine du chef. Enfin un début qui ne lui donne pas envie de s'enfouir la tête sous un oreiller. « Allez, s'encourage-t-elle. On continue sur cette lancée : simple et honnête. » Elle reprend :

Je crois que j'ai été perdue, longtemps. J'ai voyagé dans des tas d'endroits en pensant suivre mon chemin, en me racontant que j'étais libre et que c'était exactement ce que je voulais. Mais j'étais juste paumée. Je cherchais sans cesse la prochaine destination, sans jamais arriver à me poser. Je fuyais, Cassiopée avait raison. Et puis Chloé est arrivée. Ce n'était pas fait exprès mais dès que je l'ai sentie bouger à l'intérieur de moi, je n'ai plus eu envie de partir. Et dès que j'ai vu ses tout petits doigts, ses minuscules orteils, que j'ai glissé mon nez dans son cou et caressé ses cheveux si fins… j'ai compris où était ma place. J'ai enfin pu cesser de courir. Chloé est ma destination, et mon foyer. Maintenant nous vivons à Paris toutes les deux, dans un petit appartement que j'ai pu acheter grâce à l'héritage de mes

Alice s'arrête, la poitrine oppressée. Elle saisit le flacon de Tipp-Ex, efface et recommence :

Maintenant nous vivons à Paris toutes les deux. J'ai laissé son papa au Portugal, où je l'avais rencontré. Il a compris mon souhait de rentrer après des années hors de mon pays, et est déjà venu la voir plusieurs fois. Quand Chloé sera plus grande, nous irons là-bas aussi.

Aujourd'hui elle a quatre mois, elle n'est plus le fragile petit être que j'avais si peur de faire tomber. Elle rit, gazouille, attrape ses pieds, a déjà envie d'explorer ce qui l'entoure. Elle m'émerveille et je la prends en photo chaque jour, je crois qu'elle ressemble à ma

De nouveau, Alice s'arrête pour corriger :

Elle m'émerveille et je la prends en photo chaque jour.

Vous pourrez dire à Orion que l'appareil qu'il m'a offert fonctionne toujours aussi bien. Il ne m'a jamais quittée, j'ai pris des centaines de clichés pendant mes voyages : des enfants qui jouent, des femmes qui portent leurs bébés, des sourires timides ou assurés, charmeurs ou édentés… Quand j'ai commencé à développer les pellicules, pendant ma grossesse, ça a créé comme un grand patchwork du monde. En emménageant ici j'ai fait tirer des agrandissements et par hasard (par miracle!) j'ai rencontré quelqu'un que mes photos intéressaient et si tout va bien une exposition devrait avoir lieu en fin d'année. Alors vous pourrez dire à Orion que grâce à lui j'ai trouvé une activité qui non seulement me plaît, mais aussi pour laquelle je suis un peu douée, et peut-être même qui deviendra mon métier. Je dois beaucoup à Orion, en fait, plus que je ne saurais dire, et j'aimerais

Chloé pousse de petits geignements. Alice se retourne et l'observe, le stylo levé, mais l'enfant retrouve vite un visage apaisé. Alice reprend sa lettre, se relit, hésite, puis caviarde la dernière phrase à coups de blanco.

et peut-être même qui deviendra mon métier. Transmettez-lui un grand merci.

J'ai le sentiment, depuis l'arrivée de Chloé, que tout s'aligne, tout se met en place naturellement. C'est très beau. Et c'est pour ça que je voudrais

Alice grignote l'ongle de son pouce sans savoir comment continuer. « C'est pour ça que je voudrais... » quoi ? Reprendre contact ? Renouer ? Oui sans doute, mais dans quel but ? Et pour faire quoi ensuite ? Retourner au village ? Alice secoue la tête. Il n'est pas question de remettre les pieds à Saubanoos. Alors quoi ? Présenter des excuses, c'est évident. Et obtenir le pardon, idéalement. Ne plus se sentir comme une lâche et une égoïste, une fuyarde qui n'a même pas eu le cran de s'expliquer.

Et c'est pour ça que je voudrais

... finir de tout ranger, tout mettre au propre, tout aligner. Les mauvais souvenirs sont balayés, mais au lieu de pousser les copines sous le tapis en même temps, on peut peut-être les récupérer ?

Et c'est pour ça que je voudrais

... savoir ce qu'elles pensent, elles. Seraient-elles touchées ou fâchées de recevoir cette lettre ? Que répondraientelles ? « Tu nous as manqué », ou « va te faire foutre et ne nous contacte plus » ?

Alice regarde la missive, ses ratures et ce qu'elle a voulu camoufler. Et si les filles ne répondaient jamais ? Ce serait atroce : attendre des semaines, des mois, des années, espérer chaque fois qu'elle relève le courrier, être déçue de ne pas reconnaître sur une enveloppe une écriture familière. *C'est exactement ce que je leur ai fait*, prend conscience Alice. La pire chose : disparaître et les laisser espérer. Elle attrape la feuille et la roule en boule lentement. Elle a l'impression que son cœur aussi se froisse avec un petit bruit feutré. Mais certaines bêtises sont impardonnables. Mieux vaut faire une croix, oublier, finir de tout balayer. Heureusement, elle n'est plus seule à présent. Sa fille saura rafistoler son cœur cabossé.

25.

Nous sommes restées agrippées l'une à l'autre un moment – il se peut que j'aie encore chouiné – puis maman m'a murmuré :

— Allez mon chat, il est temps, donne-moi le trousseau de clés.

Nous avons marché sur le portail, prudemment. De l'autre côté nous avons trouvé un semblant de chemin, qui avait dû être une allée pavée. Nous l'avons suivi en silence et j'ai eu l'impression de me glisser dans un endroit ensorcelé, endormi depuis longtemps. Les fleurs et les arbustes s'entremêlaient, poussaient de travers et les uns sur les autres, agrégés par de hautes ronces et formant de part et d'autre de notre pseudo-sentier une masse compacte et bourdonnante d'insectes.

— Des mûres, a fait Dalia en attrapant un fruit violacé.

J'ai tendu la main à mon tour pour saisir une baie. Elle était chaude, sucrée, parfumée ; je me suis empressée d'en chercher d'autres et en ai proposé à maman. Mais maman avait le regard rivé sur la façade de ce qui avait été autrefois sa maison.

Le franc soleil ne rendait pas les tags moins laids, ni les volets barricadés plus engageants.

— Que c'est vilain, a soupiré Béné.

— Le pénis géant égaye vraiment ce magnifique crépi pourri, a fait Cassiopée en tirant sur sa vapoteuse.

— Ça va ? a demandé Dalia en prenant maman par l'épaule. Tu te sens prête à entrer ?

Maman s'est approchée de la porte, le trousseau serré dans la main. Il lui a fallu forcer un peu pour faire entrer la clé dans la serrure, puis pour la tourner. Ensuite le panneau de bois a résisté mais, finalement, elle a réussi à le pousser. L'entrée carrelée est apparue dans le rayon de lumière, de la poussière dansait et une forte odeur de moisi nous a saisies à la gorge. Nous sommes entrées, à la queue leu leu, posant nos pieds sur un sol ouaté par deux décennies de crasse. Le papier peint se décollait et pendait, piqueté de taches filandreuses. Maman a posé la main sur le radiateur, comme un geste familier, et des paillettes de peinture se sont détachées sous ses doigts et sont tombées.

Un souvenir m'est revenu : celui d'une expo que j'avais vue avec ma classe sur l'urbex, l'« exploration urbaine » qui consiste à visiter des endroits abandonnés ou interdits. Une de mes copines avait été fascinée par les immenses photos de théâtres, hôpitaux, résidences ou usines, spectres de lieux naguère vivants, parfois en parfait état de conservation et parfois envahis de végétation, vérolés par le temps et les intempéries. Elle aussi voulait découvrir des endroits délaissés, effrayants et saisissants, poétiques… et nous avions envisagé un moment de jouer à notre tour les exploratrices. Mais là, dans cette maison, il n'y avait rien pour s'émerveiller, zéro poésie, que de la tristesse, et c'est devenu encore plus évident quand Cass a ouvert quelques fenêtres et volets et que le reste du rez-de-chaussée nous est apparu.

— Mon Dieu…, a soufflé Bénédicte.

Et il n'y avait pas grand-chose d'autre à ajouter. Dans le salon, ce qui avait dû autrefois être un canapé formait une masse sombre, défoncée, au pied de laquelle des charpies de tapis se désagrégeaient. Dans la cuisine, le contenu des placards avait été emporté ou brisé, et des éclats de vaisselle gisaient sous d'indéfinissables substances noirâtres. Il n'y avait plus d'appareils électroménagers en dehors d'un énorme réfrigérateur-congélateur dont les portes à demi arrachées traînaient au sol.

Nous avons monté un escalier – heureusement pas en bois – et avons découvert un premier étage où l'odeur de renfermé était moins violente, mais où tous les murs avaient été recouverts de graffitis. Les quelques livres qui restaient sur le palier étaient gondolés et tachés ; les rares vêtements encore présents dans les dressings, troués, partaient en lambeaux quand on les touchait. La respiration de maman s'est accélérée lorsque nous sommes entrées dans son ancienne chambre.

— Stop ! a crié Dalia en la saisissant par le bras. N'avance plus, le plancher devant toi a l'air complètement bouffé.

Nous avons toutes allumé les lampes de nos portables et balayé le sol pour détecter d'autres dangers.

— On dirait que ça part de la salle de bains, a fait Bénédicte en éclairant la petite pièce attenante. Peut-être que la fuite de la douche a continué de couler… Ou alors une infiltration, depuis le toit ?

Maman a expiré longuement, puis a dit :

— Ou peut-être qu'à l'époque c'était déjà tout rongé sous la surface, mais ça ne se voyait pas encore.

Nous étions soulagées de sortir de la maison. La mini-jungle bourdonnait joyeusement et, ce coup-ci, les murs tagués au crépi abîmé semblaient presque jolis en comparaison de ce que nous venions de quitter. Cassiopée a *illico* ressorti sa vapoteuse et a commenté :

— Putain. C'était perturbant.

— Je crois qu'on pue, a soufflé Dalia.

— Je pense qu'il faut brûler nos vêtements, a dit Bénédicte très sérieusement.

Maman s'est adossée au crépi, contre le tag représentant le pénis géant, et a lâché :

— C'est la maison entière qu'il faudrait cramer.

Elle a baissé la tête, a voulu ronger un de ses ongles mais a renoncé en voyant l'état de saleté de ses mains.

— J'ai vraiment merdé, a-t-elle soupiré. Si j'avais accepté de vendre, à l'époque, j'aurais au moins pu récupérer des photos, quelques objets… L'intégralité des souvenirs de ma mère n'aurait pas fini en bouillie dans ce taudis…

Une larme a coulé sur sa joue, je suis allée me coller à elle. Ses cheveux sentaient le renfermé mais ça ne m'a pas empêchée de la serrer fort dans mes bras.

— Je suis désolée, a dit doucement Dalia.

— On va chercher dans nos vieilles photos, a proposé Cass. Pour voir s'il y en a de ta mère. Je sais qu'on l'avait déjà fait quand tu vivais chez mes parents, mais peut-être qu'on en avait loupé.

— C'est pas ça, a dit maman en secouant la tête. C'est plus… Je ne sais pas. Je suis triste, je m'en veux du gâchis. Parce que ne pas m'occuper de cette propriété, c'était une façon de ne pas toucher aux souvenirs douloureux… mais aussi de garder un lien. Même si je savais que je ne voulais plus mettre les pieds ici, même s'il s'y est passé une chose horrible… Ma mère aimait cette maison. Elle l'avait décorée et je crois… que je voulais conserver un morceau de ça, même pour ne plus jamais le regarder. Comme si j'emballais un morceau de passé et que je le fourre au fond d'un tiroir. Mais je me suis foirée. Et à la fois… je sais maintenant que cette maison était une prison pour elle. Une cage dorée. Mon père l'y a emmenée, s'est débrouillé pour l'y enfermer. C'était sa méthode : un beau cadeau et un tour de clé. Un piège, en fait. De la violence déguisée. Il lui offre une grande maison, qu'elle peut agencer à sa guise, mais dans un coin perdu d'où elle n'a pas moyen de s'échapper. Un bijou, un sac, une fourrure pour qu'elle se sente choyée. Il l'encense et la récompense quand elle agit comme il le souhaite. Il l'empêche ou la décourage de tout le reste : conduire, se faire des amies, bosser. Bien sûr elle était tête en l'air, elle perdait toujours ses affaires mais…

Maman s'est redressée d'un coup et a soufflé :

— C'est pas vrai… Ça aussi c'était lui, vous pensez ?

Béné et Dalia ont paru réfléchir, Cass a haussé les sourcils avant de lâcher :

— Putain. Ça se pourrait bien.

— C'était lui, a répété maman. Il cachait ses affaires. C'est pour ça qu'il les retrouvait si facilement. Et je ne voyais rien. Alors que c'était évident ! Dès qu'il est parti à Lyon, elle n'a plus rien égaré. Elle a pu aller à son rendez-vous pro… Mais punaise, les rendez-vous mal notés, les notes perdues… c'était lui aussi !

Pendant un moment, maman n'a plus dit un mot, mais je voyais presque les pensées se télescoper derrière son front.

— C'était de la torture, a-t-elle finalement énoncé. Pendant des années, il lui a fait croire qu'elle perdait la boule. Qu'elle était incapable de noter un message, qu'elle n'avait aucune mémoire, aucune suite dans les idées. Qu'elle ne pouvait pas s'en sortir sans lui. Il l'a infantilisée, rabaissée. Il a mis en péril notre relation, à elle et moi. Parce que je lui en voulais ! Quand je loupais un rencard à cause d'elle, quand elle perdait des papiers pour l'école, ou son chéquier… Et il est parti à Lyon en raflant tous ses moyens de paiement !

— Violence économique, a glissé Cass. Ça fait partie des violences conjugales. Évidemment, en général, c'est fait ouvertement, utilisé comme un moyen de chantage ou de pression…

— Toute sa vie d'adulte, a poursuivi maman les poings serrés et les yeux brillants de larmes, elle s'est crue inapte. Une oublieuse pathologique, une tête de linotte, une ravissante incapable. Alors que c'était lui qui la sabotait.

— Quelle enflure ! s'est emportée Dalia.

— Un sale manipulateur, ai-je soufflé.

— Il l'a obligée à déménager, à abandonner ses clients, l'a enfermée, isolée, lui a menti, l'a poussée à avorter… Il refusait de la partager. Parce que ses histoires de « je ne veux pas d'un nouveau bébé, c'est trop de travail de l'éduquer… ». Quelle blague ! Mon père n'a jamais levé le petit doigt avec moi. Il m'offrait des cadeaux, c'est sûr. Mais jamais il ne prenait le temps de jouer ou de me lire un livre. Il était mécontent en cas de mauvaises notes, mais ne m'a jamais fait réviser une poésie, une table de multiplication ou une leçon. Il nous offrait de belles vacances, mais uniquement dans des clubs où j'étais prise en charge toute la journée. Il parlait, mais il n'échangeait pas. Il était l'autorité, le maître que l'on écoutait, mais il ne s'est jamais assis à côté de moi pour me demander comment s'était passée ma journée ! Et vous voyez, je me suis longtemps demandé pourquoi il ne m'avait pas tuée, moi aussi. Je voyais deux possibilités : soit il m'aimait trop pour me faire du mal, soit il ne m'aimait pas assez pour m'emmener. Et franchement, je crois vraiment que c'est la seconde option. Je ne comptais pas, pour lui. J'étais un accessoire dont il avait hâte de se débarrasser, l'ado qui allait enfin quitter la maison. Et là il l'aurait enfin eue pour lui tout seul. C'est pour ça qu'il n'a pas supporté qu'elle retombe enceinte. Il voulait son jouet. Tout contrôler, son corps et son esprit. Et quand il n'a plus réussi, il l'a tuée.

Elle a essuyé ses yeux du dos de la main et a lancé avec force :

— En fait, j'avais raison tout à l'heure. Il faut cramer cette baraque.

Et comme les filles ont fait « Oula ! », « Doucement », « Minute, Néron », elle a tempéré :

— Ou la raser. L'exploser à la boule de démolition. Mais s'en débarrasser. Il est temps, de toute façon il n'y a rien à sauver là-dedans. Ma mère elle-même était prête à la quitter alors… je dois m'en détacher aussi.

— C'est super, l'a félicitée Dalia. C'est un grand pas pour toi.

— Bravo mamounette, ai-je soufflé en la serrant de nouveau dans mes bras.

Puis elle a annoncé qu'il fallait faire le tour de la maison, il lui restait la terrasse à affronter.

14 juillet 2009

— Ça va ? demande Bénédicte. Octave n'a pas froid ? Il n'a pas besoin d'être changé ?

Cassiopée tâte les petits pieds, les petites mains, passe délicatement une main entre le body et la couche, puis répond :

— Il est au top.

— Je peux le reprendre, propose Bénédicte. Si tu en as assez, ou si tu fatigues…

— Tout va bien. Il pionce, il n'a besoin de rien, on se kiffe mutuellement. Laisse-moi bercer ce lardon et puisque tu as les mains libres, profites-en pour remettre une bûche dans le feu. Et sers-moi un Coca.

Bénédicte s'exécute avant de retourner s'asseoir. Elle se sent désœuvrée sans son nouveau-né, son « greffon », comme l'appelle Cassiopée. Elle observe les flammes un moment puis lance :

— Je devrais peut-être appeler Pascal. Pour voir si tout va bien avec Capucine.

— Mais fous-lui la paix, à Pascal. Il peut gérer votre fille une soirée.

— S'il a oublié la crème après le bain…

— Alors vous la lui mettrez demain matin. Puis faut que t'apprennes à déléguer, ma vieille. Sinon tu ne vas pas tenir la distance. Dis-moi plutôt, avant que Dalia arrive, où elle en est avec l'autre abruti de Bruno.

Bénédicte jette un coup d'œil vers la route avant de souffler :

— Il a fini par lui rendre la voiture. Mais il ne l'a pas fait réparer.

Cassiopée retient le juron qui lui monte aux lèvres. Son amie n'aime pas qu'on déverse des grossièretés dans les oreilles de ses enfants, même s'ils sont trop jeunes pour les répéter ou les comprendre. À la place elle grogne :

— Donc non seulement il a gardé la caisse deux mois après leur séparation, alors que c'est sa voiture à elle, mais en plus il la lui rend pliée ?

— Il dit qu'il a « oublié » de renouveler l'assurance et qu'il n'a pas les moyens de payer le garage.

— Mais quel sale conn… sale canard. Pas foutu de gérer le moindre truc. Je te jure, ça me donne envie de le…

— Rends-moi Octave, dit Bénédicte en voyant Cass trépigner.

L'enfançon ouvre un œil quand il change de bras mais, vite calé dans le giron de sa mère, se rendort aussitôt. Cassiopée, libérée du léger poids, déambule furieusement devant le feu de camp et peste :

— Ça me fout dans une rage… Je te jure qu'il y a de quoi devenir misandre. Entre cet en… emplumé de Bruno et ma punaise de maître de thèse… Celui-là c'est un modèle, vraiment. Un monument. Quand on mettra les vieux réacs sur orbite, je te garantis qu'il va tourner un moment.

— Mais Dalia va mieux, tempère Bénédicte en humant la petite tête chauve d'Octave. Je crois que cette histoire a achevé de la sevrer de Bruno. Tu verras, elle a meilleure mine, elle plaisante de nouveau. Tu me passes un lange ? Il y en a dans le sac à côté de toi.

Cassiopée tend le carré de mousseline, dont Bénédicte couvre tendrement son bébé, puis demande :

— Et le type qui était venu lui parler après un concert, elle l'a revu ? Celui avec le nom scandinave… Thor ?

— Sven, corrige Bénédicte en souriant. Depuis le Théâtre de Verdure, il a assisté à tous ses concerts. Deux fois ils ont pris un verre ensemble après. Et à mon avis, vu comme elle est en retard ce soir, ils ont probablement remis ça.

— Tant mieux, approuve Cassiopée. Mais qu'elle ne nous fasse pas trop attendre. C'est quand même elle qui insiste pour qu'on continue les feux de camp du 14 Juillet.

— Elle garde espoir. Surtout que cette année c'est un chiffre rond.

Cassiopée tisonne le feu avec un bâton, se ressert un verre de soda et retourne s'asseoir sur son billot de bois.

— Orion aussi l'attend, finit-elle par souffler. Je pensais qu'il l'avait oubliée, d'autant qu'il paraissait vraiment bien quand il sortait avec cette nana, là… la kiné… Mais je vois qu'il guette. Je crois même qu'il a fait un coup de ménage dans l'ancienne chambre d'Alice… Et ça me fout en boule parce que chiffre rond ou pas, ça m'étonnerait qu'elle se pointe.

— J'espère qu'elle va bien, dit Bénédicte en caressant son enfant.

— Alors tu es beaucoup plus gentille que moi. Cela dit je lui reconnais une qualité, à Alice. Les jours où je déteste vraiment les hommes, je pense à elle et à ce qu'elle nous a fait. Et je me rappelle que les femmes aussi peuvent être de sacrés canards.

Lorsque le feu d'artifice commence, Alice ouvre la fenêtre de son salon et s'y penche pour voir les gerbes rouges, orange, bleues, vertes, éclater au-dessus du boulevard et des toits de zinc. Toute la journée elle a résisté mais à présent qu'il fait nuit, que Chloé est endormie, elle s'autorise à dresser le bilan. Aujourd'hui, à trente ans, elle a une fille qui l'émerveille, un métier qui la passionne, un groupe de copines sympas, une grande liberté, assez d'argent pour ne pas s'inquiéter, du temps et même, si l'on croit certains, du talent. Une belle vie, selon les critères standards. Une vie qui lui plaît. Avec ses inévitables accrocs, ses aspects moins reluisants, une collection d'histoires de cul, de cœur, dont aucune ne dure longtemps ; pas de parents, pas de famille, un passé compliqué. Mais on vit très bien sans conjoint, et une absence de famille vaut mieux que des proches toxiques. Reste le passé… et cette cicatrice qui démange toujours un peu plus lorsque revient juillet.

Que font les filles ? s'interroge Alice, accoudée à la balustrade. *Où sont Cass, Dalia, Béné ? M'en veulent-elles toujours ?* Les chrysanthèmes pailletés explosent et scintillent avant de s'évanouir dans le ciel parisien. Une nuit, il y a bien longtemps, elle en a regardé de semblables tandis qu'un garçon lui tendait des chips, et malgré sa torpeur, sa douleur d'alors, la magie de ces lumières éphémères l'avait percutée. Alice attrape son appareil photo, cadre, attend. Choisit son moment pour appuyer sur le déclencheur. Cette année peut-être, elle réussira à capturer cette insaisissable beauté. *Que devient Orion ?* se demande-t-elle. *Qui profite de ses attentions, de sa gentillesse ? Quelle heureuse femme partage son quotidien ? Regarde-t-il un feu d'artifice, ce soir, en tenant la main d'une autre ?* Elle préfère évacuer cette pensée.

Elle va chercher le *cupcake* qu'elle avait mis de côté, y plante quatre bougies et les allume. Elle ferme la fenêtre et glisse dans la platine laser un CD des Red Hot Chili Peppers. Elle avance jusqu'à la piste 11 et les premières notes de *Under the Bridge* la chavirent, comme à chaque fois.

— Joyeux anniversaire, les filles, murmure Alice avant de souffler.

26.

En faisant attention, il était possible de contourner la maison par la droite : un passage étroit était dégagé, comme si les ronces avaient préféré se tenir à l'écart, ou nous avaient attendues. Nous nous sommes glissées entre les murs lépreux et les lianes griffues, tandis que de gros lézards décampaient devant nos pieds.

— Ah ouais ! a fait Cassiopée quand nous avons débouché du côté opposé. La vue est toujours aussi canon.

De la terrasse, vaste espace dallé et écrasé de soleil, on embrassait du regard toute la chaîne des Pyrénées. Le parc redevenu sauvage ne gênait pas le panorama, il descendait en pente et formait simplement une mer mouvante d'où émergeaient les monts vert et brun aux sommets blancs.

— C'est beau, ai-je soufflé.

— On les voit drôlement bien, aujourd'hui, a remarqué Dalia.

— Je préfère en hiver, a dit Béné. Quand elles sont tout enneigées.

— *The fuck ?* a fait maman.

Elle ne regardait pas les montagnes mais une partie du parc un peu sur la gauche. D'abord je n'ai rien vu de particulier. Puis j'ai compris qu'elle observait un endroit plus en contrebas et Béné, scrutant elle aussi cette portion de jardin, s'est étonnée à son tour. Dalia et Cassiopée n'ont pas tardé à exprimer leur surprise elles aussi. J'ai demandé ce qui se passait mais maman filait déjà, suivie par ses amies, et je n'ai pu que leur emboîter le pas.

— Comment c'est possible ? répétait maman.

— Ce serait incroyable, répondait Dalia.

Je n'ai pas tout de suite saisi ce qu'avaient d'« incroyable » les rosiers. Après tout, j'avais cru reconnaître des hortensias côté portail, et d'autres fleurs s'entremêlant aux ronces... La propriété s'était ensauvagée mais il restait des vestiges de son passé domestique. Rien d'anormal jusque-là.

— Quelqu'un peut m'expliquer ? ai-je demandé tandis qu'elles s'émerveillaient devant la vigueur des arbustes, le parfum et la couleur de leurs fleurs.

— C'était la roseraie de ma *mum*, a dit maman, les yeux brillants. Ici, exactement.

— C'est fou, a ajouté Bénédicte.

— Hallucinant, a renchéri Dalia.

Elles circulaient entre les plants, caressant du doigt les pétales, reniflant les corolles, et je commençais vraiment à les prendre pour des illuminées quand Cass a précisé :

— La roseraie avait cramé. Christian y avait foutu le feu, il n'en restait rien. C'est pour ça qu'on est surprises.

— Pas seulement ! s'est écriée maman. Je veux dire... regarde autour de toi ! Partout c'est la jungle, tout pousse entrecroisé mais ici... C'est dégagé, aéré... Il n'y a que les rosiers.

— Comme si le jardin respectait cet endroit, a soufflé Dalia.

— Ou comme s'il en avait peur…, a grimacé Béné.

Cass s'est penchée sur une branche, a passé le doigt sur son extrémité et a lancé :

— Ou comme si quelqu'un débroussaillait. Parce que cette branche, là, elle a été taillée. C'est fait au sécateur, ça.

Nous nous sommes toutes penchées pour observer, et, effectivement, la branche en question, comme nombre d'autres, avait été coupée proprement.

— Et ça ? a demandé Dalia en pointant du doigt des traces bleuâtres sur une feuille. C'est pas de la bouillie bordelaise ?

— Y a pas de magie, les meufs, a souri Cass. Juste un jardinier.

J'ai à peine eu le temps de me demander « qui » que la réponse m'était offerte, sous la forme d'un mot expiré par ma mère statufiée :

— Orion…

Un homme venait d'apparaître sur la terrasse. Il n'était pas très grand, plutôt costaud, avec une bonne bouille ronde et des épaules de déménageur sous son débardeur trempé de sueur. Il s'est aussitôt dirigé vers nous mais s'est arrêté net en reconnaissant maman.

— Alice ? a-t-il demandé.

Son visage est passé de l'inquiétude à la stupéfaction, puis au pur bonheur.

— Alice, a-t-il répété. C'est fou, tu es… là !

Il a parcouru les six pas qui les séparaient et a pris maman dans ses bras. Elle, probablement encore en apnée, n'a pas moufté.

— Pardon, s'est-il excusé en la relâchant. Je rentre de ma course, je suis dégueulasse et tout transpirant. Et toi tu es…

— Ouais, elle est là, tu l'as déjà dit, a grincé Cassiopée. Va prendre une douche au lieu de radoter.

— Fais pas la maligne, toi, a répliqué Orion en ouvrant les bras vers sa sœur, ou je te fais un câlin aussi. Et j'aimerais bien que tu m'expliques ce qui se passe, tant qu'on y est. Le portail, par exemple ? Qu'est-ce que vous avez foutu ? J'ai eu une peur bleue en le voyant par terre.

Béné et Dalia se sont empressées d'expliquer, de façon plutôt décousue et néanmoins efficace. J'ai été présentée et ai eu droit au désormais classique « c'est dingue comme tu ressembles à ta grand-mère ! ». Puis maman a fini par recouvrer la parole et a demandé, en montrant les fleurs :

— C'est toi ? Tu as replanté la roseraie ?

Orion a hoché la tête.

— J'avais pu sauver quelques plants, après l'incendie. Vraiment pas grand-chose et ils étaient en mauvais état, mais j'ai pu les soigner, puis les bouturer… et finalement je suis venu les remettre ici. Quand tu es repassée en 99 je pensais te montrer ma nursery de rosiers, mais tu es partie un peu vite…

— Et tu viens là souvent ? a râlé Cassiopée l'air vexé. Et tu n'as jamais pensé à me le dire ?

— Et toi ? a-t-il aussitôt rétorqué. Alice est ici, visiblement tout le monde le sait, et je n'étais même pas au courant.

Ils se sont défiés du regard un moment, se sont lancé quelques « pauvre naze » et « vieille tache » à la face avant de se marrer. Puis comme il faisait chaud, et qu'Orion avait faim, nous avons décidé de repartir. Maman a respiré les fleurs une dernière fois et soupiré :

— Dommage qu'on ne puisse pas emporter l'odeur.

Orion est reparti vers la terrasse et en est revenu une minute plus tard avec un sécateur. Ensemble ils ont choisi, coupé, agencé, et c'est avec un gros bouquet serré contre elle que maman a quitté la propriété.

— C'est magique, a-t-elle souri en y enfouissant son nez. J'ai l'impression de la retrouver.

Nous avons contourné la maison, repris le sentier puis marché sur le portail pour retourner dans la longue allée. Cassiopée et Béné se sont fritées un moment pour savoir laquelle des deux aurait le privilège de remettre la tracto-pelle à sa place. Finalement elles ont partagé le trajet, un bout d'allée chacune, et en marche arrière s'il vous plaît. Pendant ce temps, Orion demandait :

— C'était comment, à l'intérieur ?

— Moche, a répondu maman. Triste, humide, pourri. Je n'ai même pas fouillé. Je crois que si j'avais trouvé les albums photo, ou mes vieux jouets, ça m'aurait fait trop de peine de les voir bouffés par la moisissure.

Orion a sorti de la poche arrière de son short une casquette à demi écrasée, qu'il a secouée pour lui rendre sa forme. Puis il l'a enfoncée sur sa tignasse en bataille avant de lâcher avec un sourire en coin :

— Alors j'ai bien fait de récupérer certaines choses chez toi, il y a vingt et quelques années, et de les mettre à l'abri ?

Juillet 1997

Saubanoos, juillet 7, 1997

Alice adorée, *sweet child o'mine,*

Aujourd'hui est un grand jour et j'attends que tu rentres pour dire tes résultats de baccalauréat. Je pense que tu l'as mais je veux que tu saches : quoi qu'il arrive je suis fière de toi.

Être ta maman est la plus belle chose qui m'est arrivée. Depuis ta naissance tu es mon soleil et ma lune, ma terre et ma ciel. Tu es merveilleuse pour moi, tu es belle et gentille et pleine de talents, « *all that and a bag of chips* », j'ai beaucoup de chance que tu sois mon enfant.

Bientôt une nouvelle vie va commencer pour toi et c'est beau de penser ton avenir heureux. Je suis sûre que tu trouveras ton chemin, car tu sais déjà l'important : regarder la beauté, t'intéresser au monde autour de toi, avoir des amies et les écouter.

Dans ma vie j'ai beaucoup échoué cette partie et c'est pour ça je suis si heureuse pour toi. Tu es déjà très meilleure que moi !

Moi je suis tard éclose mais enfin j'ai compris les choses et je prends mon nouveau départ aussi. Peut-être que ça te fera la peine, pour ça je suis désolée, mais pense que j'ai la joie de m'envoler enfin. Longtemps j'ai vécu enfermée sans le savoir. Je ne le voyais pas parce que ça ne ressemblait pas à ce que je croyais mauvais. Un jour je t'expliquerai, mais ce n'est pas pressé. Ce que je peux te dire déjà, c'est que je suis contente de bientôt faire mes choix, peut-être des erreurs mais des erreurs à moi, avoir un emploi et un petit logement et des copines et connaître la liberté. J'espère que tu comprendras et viendras me voir souvent. Dans mes plus beaux rêves nous vivons à côté et tous les jours nous parlons et nous rions. En tout cas je ne cesserai jamais de t'aimer et si je pars, sache que ça n'a rien à voir avec toi. Simplement je dois m'envoler. Je sens dans mon corps que c'est la bonne décision. Je sens dans mon cœur qui cogne de joie. Maintenant j'écoute cela et j'essaie de construire le reste de ma vie. Il faut toujours écouter le corps et le cœur et ce qu'ils disent.

I love you more than I can say, *sweet child o'mine*, Alice adorée,

Mum

27.

Maman était assise sur le lit de bois, la lettre entre les mains, et les larmes coulaient sans s'arrêter.

— J'avais oublié qu'elle m'avait écrit…, sanglotait-elle. La lettre était dans ma chambre, je n'avais pas voulu la lire tout de suite, et après…

Dalia et Béné se sont assises de part et d'autre de maman, et je me suis installée à ses pieds à côté des cartons apportés par Orion. Je n'osais pas les toucher, maman devait en avoir la primeur, mais dans celui qui était ouvert je devinais des livres, quelques photos encadrées, deux tableaux, une boîte à bijoux…

— T'es vraiment pas possible, a lancé Cassiopée, adossée au mur, à son frère tourné vers la fenêtre. Elle t'avait dit de ne rien rapporter. Elle t'avait pourri la fois où tu étais allé chercher ses lucioles… et toi non seulement tu n'as rien écouté, mais en plus tu en as rempli des caisses.

— C'est… merveilleux…, a hoqueté maman.

— J'ai voulu rapporter les lucioles, a dit Orion avec un mouvement d'épaules. Quand Alice me l'a demandé, j'y suis allé. Mais au moment de les remettre dans sa chambre, j'ai vu tous ces objets abandonnés... et ça m'a fait de la peine. J'ai pensé qu'un jour, peut-être, elle regretterait de les avoir laissés derrière elle. Alors j'ai gardé les lucioles, et j'ai pris en plus ses bijoux et ceux d'Imogen. C'était le minimum, les bijoux. Ce qu'on se transmet dans une famille... Ensuite j'y ai repensé et je me suis dit que les photos, c'était important aussi. C'est la mémoire, et Alice commençait à prendre plein de photos de son côté. Alors j'y suis retourné. Et de fil en aiguille...

Il s'est détourné de la fenêtre, des branches de bouleau qui s'y encadraient, et a ouvert la main en direction des gros cartons qui s'empilaient au pied du lit.

— ... J'ai rapporté tout ça. J'allais voir les rosiers, je revenais avec un bouquin ou une fringue... et quand la maison a été cambriolée la première fois, je me suis dit que j'avais vraiment bien fait. Parce que à ce moment-là, j'avais déjà rapatrié ici pas mal de choses.

— Je ne sais pas comment te remercier, a soufflé maman d'une voix tremblante. C'est inespéré. Si tu savais combien j'en rêvais...

Elle a ouvert un deuxième carton, a aperçu un tissu délavé et a fondu en larmes de nouveau.

— Un jean d'Imogen, m'a expliqué Dalia. Et là c'est un tee-shirt qu'elle portait souvent. Je vois des magazines...

Maman a saisi un journal, l'a feuilleté rapidement et soudain elle était là : Imogen, belle et altière, son sourire heureux encré sur le papier glacé.

— Vous trouvez vraiment que je lui ressemble ? ai-je demandé avec une moue dubitative.

Béné, Dalia, Cass, et Orion, ont tous juré que « oui, grave, absolument, son portrait craché ». Maman a haussé les épaules :

— Moi, je ne le vois pas. Mais tu as hérité le meilleur, mon chat. Son optimisme et sa joie de vivre.

— Et le collier chanceux ? ai-je soudain demandé. Il est dans un carton ?

Orion a secoué la tête. Il se souvenait bien de la cornaline et l'avait cherchée à plusieurs reprises, mais ne l'avait pas trouvée.

— Ça n'a pas d'importance, a fait maman, des larmes encore plein les yeux. Je ne pourrais pas être plus heureuse, ni plus reconnaissante de toute façon. Maintenant que je sais ce qui se tramait sous la surface... ça ne change pas ce qui s'est passé, et je comprenais évidemment déjà que ma mère n'était pas responsable de ce qui lui était arrivé... Mais en même temps ça change tout. Comme si j'avais enfin réussi à faire le point sur quelque chose que je voyais flou depuis des années. Et ça, c'est grâce à vous. À vous tous, mais surtout à toi, ma Chloé.

Elle a pris ma main et l'a serrée fort ; j'ai eu une grosse bouffée de joie et de fierté. J'avais vraiment assuré.

28.

Dimanche 14 juillet 2019

La nuit était tombée. La silhouette pâle du grand tipi se détachait sur le fond sombre de la forêt. Tout autour, et devant chaque roulotte, Orion avait installé des lampions, et c'était comme si tous ces points lumineux, clignotant doucement dans le soir de juillet, répondaient aux myriades d'étoiles qui se déployaient désormais au-dessus de nous. J'ai remis une bûche dans le feu, qui crépitait gentiment, et une gerbe de flammèches s'est élevée. Le gîte, si beau de jour, devenait vraiment magique à l'obscurité.

— Tu reveux un Chamallows, Chloé? m'a proposé Béné.

J'ai saisi la brochette qu'elle me tendait et suis retournée près des flammes pour la faire rôtir. La surface rose de la guimauve s'est teintée d'orange, puis de brun, de petites bulles caramélisées se sont formées avec une délicieuse odeur de vanille. « Parfait », ai-je murmuré en observant toutes les faces du cube grillé. J'ai rejoint mon tronc-banc, à côté de maman qui papotait avec Béné et son mari. Leur aînée jouait avec les chiens, le cadet emballait du chocolat pour le mettre à fondre sous les braises et le petit dernier s'était endormi sur les genoux de son père. Orion remplissait des flûtes de champagne ; Cass, lovée contre Fred, ne critiquait presque pas sa façon de verser. Dalia était partie chercher sa guitare, Mijo le gâteau et Patou les bougies. « Parfait », ai-je répété en croquant dans mon marshmallow craquelé et fondant.

Nous n'étions pas parties à Biarritz. Maman avait préféré rester au village et je n'avais pu qu'approuver son choix. Après avoir récupéré nos valises à la gare de Pau, nous les avions d'abord posées chez Dalia pour une nuit puis, par la grâce d'une annulation, dans une des adorables roulottes de bois du gîte d'Orion. Il y avait eu, au fil du week-end, de joyeux repas, de tranquilles petits déjeuners, de grandes balades en forêt, une excursion jusqu'à la « cascade » de la Louye – je m'y étais même baignée, c'est dire si le terme de cascade était exagéré –, beaucoup de rires et de confidences, quelques larmes, une chouette énergie de groupe que je voyais se recréer entre maman et ses amies. Dalia avait chanté pour nous, beaucoup. Béné nous avait présenté sa famille et fait sa fameuse charlotte poire-chocolat. Cass avait râlé contre les guêpes, la politique de santé, les gens qui disent « au jour d'aujourd'hui », l'astrologie… mais s'était bien calmée à l'arrivée de Fred. Car c'était vrai, le coup des épines : quand Fred était là, Cass perdait au moins soixante pour cent de son acidité. Et c'est sans doute ce qui nous avait le plus surprises, maman et moi, même si nous avions eu quand même, il faut l'avouer, un instant d'étonnement en constatant que Fred n'était pas l'homme patient et cool qu'on imaginait… mais une jolie Brésilienne au look pailleté et au rire communicatif.

Le plus beau, toutefois, restait pour moi le sourire de ma mère. Ou plutôt *les* sourires, si nombreux et si variés : tendre, ému, paisible, heureux, détendu, amusé… et parfois, quand paraissait Orion, soudain timide ou chaviré…

« *Happy birthday to you…* »

Le gâteau, surmonté de ses quarante bougies, approchait dans l'obscurité et chacun a entonné en chœur le chant d'anniversaire, accompagné par la guitare de Dalia. Maman a joué la surprise : « Pour moi ? Vraiment ? Il ne fallait pas… » puis a battu des mains avant de souffler avec application.

« Bravo ! » avons-nous crié et applaudi quand la dernière petite flamme s'est éteinte. Les chiens se sont joints au tumulte, jappant et sautant autour des troncs couchés et de notre radieuse assemblée.

— Champagne ! a lancé Orion en attrapant le plateau de flûtes qu'il avait préparé. Et pour la jeunesse, un cocktail fraise-pastèque-basilic dont vous me direz des nouvelles !

Les flammes se reflétaient sur le cristal, dans les milliers de bulles qui pétillaient. Tous en cercle, autour du foyer, nous avons levé nos verres et lancé un retentissant « À Alice ! » que certains ont agrémenté de « Bonheur et santé ! » ou « Longue vie et plein de joie ! ».

— Merci à tous, a dit maman, les yeux brillants. J'ai une chance incroyable de pouvoir passer cette soirée avec vous. J'aimerais aussi, si vous le voulez bien, lever mon verre à celle qui n'a jamais atteint les quarante ans. Ma *mum*, Imogen. J'espère qu'elle est en paix.

Elle a tendu sa flûte en direction des flammes et Dalia a répété en faisant de même :

— À Imogen, qui était une femme courageuse.

— À Imogen, une mère aimante et attentionnée, a ajouté Béné.

— À Imogen, une badass et une putain de cuisinière, a souri Cassiopée.

— À ma *mum*, a répété maman. Et à vous tous ici qui m'avez aidée à survivre à son absence. Je sais ce que je vous dois. Je vous aime très fort.

Elle était au bord des larmes mais Mijo a crié « Santé ! », les chiens ont aboyé, le petit de Béné s'est réveillé en sursaut en demandant « c'est maintenant le feu d'artifice ? » et les pleurs ont été oubliés.

Mijo et Patou sont partis les premiers, juste après le bouquet final. Puis Béné, son mari et les enfants nous ont embrassés et ont filé. Cass et Fred ont suivi, leur lampe-torche balayant la nuit pour regagner la maison de l'autre côté du verger. Dalia a gratté encore un peu sa guitare, d'autres hôtes du gîte sont venus s'asseoir autour du feu de camp. Je suis passée au chalet-sanitaires puis à la roulotte et quand je suis revenue, il ne restait devant les braises que maman et Orion.

— C'est comme ma *mum* l'a écrit dans sa lettre, disait-elle alors. Je sens dans mon corps que j'ai fait ce qu'il fallait.

Je me suis assise à côté d'elle, elle m'a serrée tendrement et a ajouté :

— Et tout ça, c'est grâce à mon chat, mon soleil à moi qui m'a obligée à affronter ce que je fuyais.

Elle m'a lâchée pour s'étirer, les deux bras en l'air. Elle semblait vraiment heureuse et le moment m'a paru idéal pour sortir ma surprise. J'ai extirpé de la poche de mon jean le petit sachet de papier, que je lui ai tendu. Elle a souri, l'a ouvert, retourné. La chaîne et le pendentif sont tombés dans sa main.

— C'est pas vrai ! a-t-elle sursauté en reconnaissant le bijou. Le collier chanceux ! Mais comment tu as fait ? Il était où ?

Elle avait l'air si ahuri que j'ai éclaté de rire.

— Tu es retournée dans la maison ? a demandé Orion, aussi éberlué. Il était là-bas ?

— Pas du tout, ai-je gloussé.

— Mais dis, enfin ! a gémi ma mère.

— Il était... (j'ai ralenti exprès, pour bien faire durer le suspense)... comme Mijo a dit, à côté d'un volcan.

Les deux m'ont regardée avec des yeux ronds et j'ai décidé, magnanime, d'abréger leur souffrance.

— C'est grâce aux gris-gris, ai-je débuté. Ce matin j'étais dans le tipi avec Mijo, elle me montrait les Matiasmas, les amulettes grecques censées protéger du mauvais œil. On a enchaîné sur les objets porte-bonheur, trèfles à quatre feuilles, fers à cheval, tout ça... Ensuite j'ai continué à réfléchir et j'ai pensé aux *cornicelli*, les petites cornes rouges qu'on avait vues à la pizzeria. Puis j'en suis arrivée à ta cornaline... Et je ne sais pas trop comment mais à un moment ça a fait « bang » dans ma tête : cornaline, *cornicello*... la surface rouge et brillante, le volcan les pieds dans l'eau... Ce n'était pas à la Réunion ou en Guadeloupe qu'était ton collier. C'était à la pizzeria !

— La pizzeria ? a répété maman, incrédule.

— C'est hyperlogique ! Le pizzaïolo, quand il était apprenti plombier, était allé dans ta chambre pile au moment où ton collier a disparu. C'était l'opportunité. Et il était au collège avec vous, il était sorti avec Cassiopée, donc il connaissait la réputation de la cornaline. Et le gars a visiblement un gros faible pour les porte-bonheur, puisqu'il en a collé deux mille dans son resto. Et ça, c'est un mobile ! Si tu rajoutes la façon dont il a flippé l'autre jour en te voyant, et le fait qu'il nous ait offert tout le repas, qu'il se soit excusé… c'était la preuve de sa culpabilité.

— Attends…, a fait Orion. Tu veux dire que la cornaline était là-bas ? Dans la pizzeria de Florent ?

J'ai hoché la tête avec un sourire géant. Ç'avait été dur de garder le secret toute la journée.

— Alors tu es allée à la pizzeria…, a récapitulé maman, tu as vu Florent et tu lui as dit… quoi ?

— Ah ça, me suis-je exclamée, c'est le plus marrant ! Parce que je n'étais pas sûre, tu vois. C'était une intuition, mais j'aurais pu me planter. Et d'un autre côté, si j'avais raison, fallait pas que je me loupe. Parce que s'il avait voulu te rendre le collier, le Florent, il l'aurait fait sur le moment. Il était peut-être coupable, et désolé, mais pas au point de se séparer de la merveilleuse cornaline chanceuse. Donc fallait que je trouve un truc, une astuce, pour ne pas lui laisser le choix. Alors hier soir, pendant que vous chantiez autour du feu de camp, je suis allée à la roulotte, j'ai enfilé un jean et un tee-shirt blanc tout simple, comme portait Imogen autrefois, et je suis allée attendre devant la pizzeria l'heure de la fermeture. Je les ai vus faire le ménage, puis les serveurs sont partis et le Florent a fait sa caisse. Et pile au moment où il a éteint les lumières, je suis entrée. J'ai pris mon plus bel accent anglais pour dire : « Rends-moi mon collier, Florent. » Et je dois vraiment ressembler à ma grand-mère parce que le gars est devenu plus blanc que sa toque, limite phosphorescent, il est allé direct en cuisine et en est revenu avec le collier.

— Mais c'est… dingue, a balbutié maman.

— Hallucinant, a soufflé Orion.

— Ouais je sais. Je suis une génie.

— Tu es… (maman a regardé le collier, puis moi de nouveau, avant d'achever)… extraordinaire. Et je te suis follement reconnaissante pour ce que tu as fait mais… qui a besoin d'un collier chanceux quand il a une fille comme toi ? C'est toi ma chance, Chloé. Depuis le début.

Elle a pris une longue inspiration mais dans son regard il n'y avait pas de larmes, juste le reflet des braises qui rougeoyaient et une grande détermination. Elle a repris :

— Tu es ma chance, mon chat. Et je me suis sans doute trop reposée sur toi mais je te promets que je vais me reprendre en main. Ma *mum*, malgré tout ce qu'elle subissait, me regardait grandir et m'éloigner avec amour et confiance. Elle savait être là sans m'étouffer, elle se réjouissait de me voir ouvrir mes ailes. Je veux être ça pour toi aussi. Je veux t'accompagner sans te peser. Je veux que tu saches que je serai là, toujours, mais que tu as le droit de me quitter.

J'ai beau être extraordinaire, j'ai quand même pleuré. Surtout quand maman a proposé que j'aille passer le mois d'août chez mon père au Portugal. Ça faisait si longtemps que j'en rêvais…

J'ai regardé le ciel à travers mes yeux embués. Au sol, le feu finissait de brûler. Je me suis sentie très fatiguée, tout à coup. J'ai fait un dernier câlin à maman et ai annoncé :

— Sur ce, je vais me coucher. Encore joyeux anniv', mamounette. Bonne nuit, Orion. À demain, les amoureux.

Maman a protesté « quoi ? mais pas du tout ! », Orion a pris un air innocent. Mais quand je suis arrivée devant notre roulotte, je me suis retournée et j'ai vu que sur le tronc, dans les lueurs orangées, madame Pas-Du-Tout avait posé sa tête sur l'épaule de monsieur Innocent, qui lui caressait la main tendrement.

« Je suis vraiment une génie », me suis-je répété.

J'ai jeté un dernier coup d'œil au ciel. Les étoiles scintillaient flou mais j'ai eu la certitude que pour moi, pour nous, elles n'avaient pas fini de briller.

Avant de se quitter…

La première fois que j'ai installé Alice et ses amies autour du feu de camp, c'était en 2019. Cassiopée avait déjà un caractère bien trempé, Bénédicte le goût du travail bien fait, Dalia l'amour de la musique. Elles se retrouvaient à quarante ans dans le village qui les avait vues grandir, au pied d'un grand tipi. Dès que je le pouvais j'ouvrais mon fichier Word, je m'asseyais près d'elles sur les troncs couchés et je les écoutais se raconter, se disputer, se rabibocher. Je voulais écrire leur histoire. J'aimais ces ABCD, leur fragilité et leur puissance. Puis m'est venue l'idée d'un secret de famille, l'envie d'explorer la façon dont un ancien mensonge rebondirait sur les générations futures, et, petit à petit, mes héroïnes ont muté, le feu de camp s'est effacé, et ce sont Camille, Manée, Simone et Sophie qui ont émergé. Ainsi est né *Le Bruit de l'eau sur les galets* et le road-trip basco-normand a pris toute la place pendant un moment.

Pourtant le village continuait de m'appeler, et, assez vite, au moment de démarrer un nouveau projet, j'ai rouvert les vieux fichiers. Elles étaient toujours là, mes Albécada. Elles fêtaient leurs quarante ans avec des Chamallows grillés, dans ce coin du Béarn que je connais si bien. Je me suis assise avec elles, j'ai écouté ce qu'elles murmuraient. Et parce que le texte est – du moins c'est ce que je ressens – une matière poreuse, il s'est imprégné de mes préoccupations et de mes troubles du moment. Il était question de maternité, du bonheur et de la difficulté d'avoir (ou pas) des enfants. Et de nouveau, malgré moi, l'histoire s'est transformée. Le récit s'est déplacé à Majorque. Trois nouvelles femmes ont pris vie sur le clavier. Peut-être les rencontrerez-vous un jour.

Et puis tout naturellement, ce projet terminé, je suis revenue au feu de camp. À ce stade, j'avais admis qu'Alice, Bénédicte, Cassiopée et Dalia resteraient probablement, et malgré toute l'affection que je leur portais, dans cet espace virtuel. Elles constituaient en quelque sorte mon groupe de parole personnel, mon laboratoire d'idées, le *think tank* d'où émergeaient d'autres histoires. Mais une fois de plus elles m'ont surprise puisque, comme vous avez pu le lire, ce sont bien elles qui se sont épanouies sur le papier. C'était leur tour, j'imagine. Ou peut-être que, jusqu'alors, il manquait juste le bon élément pour les faire exister.

Ainsi je voudrais remercier celles et ceux qui au quotidien m'inspirent et m'étonnent, attisent ma curiosité, me font rire et m'émerveiller, se racontent (ou se taisent) et me donnent à voir l'âme humaine dans toute sa complexité. Vous m'alimentez, vous me colorez, et c'est bien par vous que cette histoire a (enfin) trouvé son chemin.

Delphine, c'est grâce à toi que Christian est tel qu'il est. Tu as offert un tout nouveau tour au passé d'Alice et je suis certaine que, sans nos discussions, jamais je n'aurais osé aller aussi loin.

Ivan, mon petit devenu si grand, mon ado dont la phrase préférée est à cette heure « t'inquiète » : sans toi Chloé n'existerait pas. Je craignais l'adolescence mais j'adore te voir évoluer, avancer avec ce mélange d'attention et de désinvolture, ce sens de l'humour (parfois douteux) et ton optimisme solaire.

Arthur, tu as insufflé ta part à cette courageuse jeune fille et tu as une façon unique de m'ouvrir au monde (et à l'Univers). J'adore que tu me fasses lever la tête pour regarder les étoiles.

Merci à Mimi qui fait déborder ma jauge de tendresse chaque jour.

Merci à Igor qui, quand le monde me désespère et me fait tourner Cassiopée, me rappelle qu'il existe des Orion (et s'assure que je n'écris pas de bêtises au sujet des phobies).

Merci mon frère pour les sorties skate-board-vélo d'autrefois, pour les expéditions « vol de bambou » et autres saines activités, dans ce village paumé où il y avait plus de vaches que d'habitants, et définitivement plus de maïs que quoi que ce soit d'autre.

Merci Lisou pour tes lectures attentives, tes notes, nos discussions... et les fabuleuses escapades à Rio. J'ai glissé Fred en hommage au Carnaval... j'espère bien écrire un jour une histoire carioca !

Merci à Tata Chantal qui avait déniché, dans un coin du Doubs, l'incroyable gîte qui m'a inspiré celui d'Orion. Le soleil nous réveillait un peu tôt, dans les chalets toilés, mais l'image du tipi géant devant la forêt était tout simplement magique.

Merci aux premières lectrices de ce roman : Delphine, Clotilde, Aurélie, Lise, Claire, qui ont manifesté leur enthousiasme et leur émotion face au sujet de fond. Merci d'avoir protesté quand je vous ai annoncé qu'il faudrait faire des coupes, merci d'avoir parlé de mes héroïnes comme de connaissances communes et d'avoir défendu la place de chacune dans le récit.

Merci à papa et Marielle, les camping-caristes vadrouilleurs.

Merci aux Red Hot Chili Peppers.

Merci au village de Sauvagnon, au collège de Serres-Castet, au lycée Saint-John-Perse, à la famille San Miguel, aux amies d'autrefois qui ont pris d'autres chemins, à celles et ceux qui sont toujours là.

Merci à Anaïs, ma pharmacienne préférée du monde entier, et à toute l'équipe de la Pharmacie du Marché. Vos sourires rendent mes (nombreuses) visites bien plus agréables et j'espère qu'avec ce message j'aurai enfin droit à la chorégraphie !

Merci à mon éditrice, Caroline Lépée, qui a cru à cette histoire de quatre quadras autour de leur feu de camp, et ce malgré une première version bien longue et dispersée. Je n'ai pas entamé la réécriture de gaieté de cœur (euphémisme) mais je dois avouer que ce qui a émergé (dont Chloé) m'emplit de joie et de fierté.

Merci à Lara Debelle pour avoir plongé dans le texte à la fin de cet été. Merci de t'être imprégnée de ce petit monde, avoir débattu du scooter de Béné et m'avoir (à peine) fait sentir vieille avec mes Raider ;).

Merci à toute l'équipe de Calmann-Lévy, qui a si bien accompagné *Le Bruit de l'eau sur les galets* et qui me renouvelle sa confiance avec ce *Nouvel été*. Merci pour l'enthousiasme, la joie, les belles expériences et les chouettes apéros. Et un merci tout doux à Camille Lucet, qui m'a abreuvée de lecture (et d'évasion) pendant que ma poupette était hospitalisée.

Merci aux représentantes et représentants qui ont merveilleusement porté les *Galets* en 2023. Quel bel été j'ai passé grâce à vous !

Merci aux libraires qui ont aimé, partagé, défendu mes héroïnes (et une bise bonus à celles et ceux qui m'ont accueillie chez eux pour des dédicaces, c'était trop bien !).

Merci aux équipes du Livre de Poche, c'est une telle fierté pour moi de voir mes histoires poursuivre leur chemin avec vous.

Merci enfin aux lectrices, aux lecteurs, à vous qui tenez ce livre entre vos mains. Merci d'avoir passé ces quelques heures, jours, à Saubanoos et d'avoir vibré – j'espère – avec ce récit. Merci à vous qui venez me voir en librairie, à vous qui m'écrivez sur Instagram, à vous qui offrez mes livres à celles et ceux que vous aimez. Merci, mille fois, et plus encore, car vous faites de mon rêve d'enfant une réalité.

Composition et mise en page Soft Office

Achevé d'imprimer en mars 2025
par CPI BRODARD & TAUPIN (72200 La Flèche)
pour le compte des Éditions Calmann-Lévy
21, rue du Montparnasse, 75006 Paris
commercial@calmann-levy.fr

PAPIER CERTIFIÉ

CALMANN LEVY s'engage
pour l'environnement en réduisant
l'empreinte carbone de ses livres.
Celle de cet exemplaire est de :
450 g éq. CO_2
Rendez-vous sur
www.calmann-levy-durable.fr

N° d'éditeur : 5764671/01
N° d'imprimeur : 3060960
Dépôt légal : avril 2025
Imprimé en France.